十二星座女孩
励志言情小说系列

U0641420

# 蔷薇彼岸，你许我的地老天荒

## 我是天蝎座女孩

白念葶 著

I AM
A
SCORPIO GIRL

Seeing your Promise Faraway
In the Sea of Roses

北京联合出版公司
Beijing United Publishing Co.,Ltd.

# 目录/
## contents

I AM A SCORPIO GIRL

# 第一章

小蝎子。

男人大抵高兴极了抑或动怒了，就喜欢这么唤她。

蝎子，蛇蝎美人。

不言而喻。

现如今，男人却分明是动了怒。

"Neil怎么样了？"很是平淡的一句，却戳在了时懿的脊梁骨上。

Neil，她的小弟。

"他很好。"时懿淡淡道。

男人冷漠的双眼看了过来，目光锁在她嫣红的唇上："我过得不好，一般也不太想别人过得好。"

表面上虽然波澜不惊，她却分明听出了威胁的味道。

就因为她之前的那句，离婚。

时懿盯着他好一会儿，缓缓吐出一句话："King，我想要个孩子。"

"什么时候的事？"男人眯起眼，语气不轻不重。

"就最近。"她如实道。

"不考虑我？"男人眉头皱了起来。

时懿皱了皱眉，身子蜷在沙发里，沉静如水的侧脸隐隐滑过悲伤的痕迹，声音飘忽起来："我们的结合并非你情我愿，你不爱我，不是吗？"

承认他不爱她这一点，她花了太久时间，做了太久准备。

可由自己亲口说出，声音乃至心脏还是颤了颤："所以，King，你怎么会在我的考虑范围内呢！"

时家同林家父辈定居英国，两家虽是邻里，她和林淮南却算不得青梅竹马。

她是在这个人十九岁那年高中毕业的家庭聚会上，才见到这个让她父母每每提到总是赞不绝口的男孩的。

于是，每次母亲去林伯母家里的蔷薇花园喝下午茶，她便像条小尾巴似的，拿着画本和铅笔跟在母亲身后一同前往。

浅粉的、艳红的蔷薇团簇在绿叶上，蔷薇，成了她铅笔下勾勒最多的东西。

林家在中、英两国的地位委实不低，光是林淮南在中国经营的跨国公司便投资千亿，成立的娱乐公司 S.K 短短三年就取代了成立二十多年的 U.J 公司。

尽管林家钱财足够多，但在英国这样一个极为注重阶级地位的国家，林家仍然需要一个与之相匹配的来自王室的称号和认可。

而时家，正好合适。

她父亲，是地地道道的中国人。她母亲，身上拥有王室四分之一的血统，承袭了贵族的封号。

可母亲到底没能改变时家落寞的一面，她那高高在上的封号，在面包面前只会显得愈发可怜卑微。

时懿眼底掠过悲伤，她想要的，仅仅是一段纯粹的爱情和婚姻。

阳光从窗户洒进来，柔软的大床上，时懿用被子将自己包成一团，蜷得像只猫，清丽的面容温柔沉静。

林淮南昨晚没多为难她，还送她回到了自己的公寓。

她认床的习惯从回国后才有，用了一年多，还是不太习惯身下的这张床。

门铃响了老半天，时懿才姗姗开了门，睡眼惺忪。

女人一身得体的女士黑色西装，衬得她干练而又精悍，平常的五官透着一股说不出来的韧劲儿。

"我记得，两年前一位有些名气的女星，跟林淮南套近乎偷拍了不少角度的照片，想要炒作。"慕千寻快步走了进来，顿了顿，转过身目光灼灼地盯着时懿。

时懿跟在她身后漫不经心地听着："哦。"

"最后那些照片原封不动地放回了他的桌子上，"慕千寻话里带着一份强势，"给我一个解释，时懿。"

缓缓举起手上的报纸，慕千寻双眼盯着她："今天的娱乐头条，是怎么一回事？"

时懿接了过来，快速扫了几眼，眉头皱起，上面写的是 King 送她回公寓的事情，还拍了照片："下次，不会再发生这样的事了。"捏着报纸的手指紧了几分。

慕千寻眸子流转眼神晦暗，语气最终轻了下来："别将自己毁了！"

"我知道的。"她比谁都清楚，惹上他的后果！

"不过我想，你要休息一段时间了，"提到工作，慕千寻面无表情地从手提包里掏出小本子细细翻看，"之前接的广告，商家打来电话说要暂缓拍摄行程，还有一些死活都要解约的，宁愿违约付三倍违约金，我想他们是疯了！"

"暂缓的应下来，解约的，也应下来。"时懿抿了抿唇，淡淡道。

"对了，有空去你微博下方看看，精彩缤纷，万分精彩！"似想起了什么，饶是一贯强悍的慕千寻也不由重重扶额。

"嗯。"时懿随口应道。

慕千寻嘴角抽了抽，当初相中她，就是她身上这种淡雅！

怎么现在，她倒有些后悔签下她了！

时懿在模特圈能够撑起"一炮而红"这四个字，一举获得新丝路模特比赛冠军。

慕千寻看着她，眼底多了几分思虑。

时懿的外貌、身段在模特圈里数一数二，另外她还有个过硬的剑桥大学学历，光凭这一点，就足以秒杀大半模特圈。

她本人对于模特这份职业，看得出是发自内心喜欢的，以至于她从大街上相中她并将她拉进摄影棚时，她竟傻乎乎跟她走了。

但是时懿有个毛病，这个毛病足够让她头疼很长一段日子。

那就是过于低调！

模特界的更新交替堪比身体每天的血液循环，嫩模层出不穷，稍稍年长还无所作为的不等后浪拍过来，便自行退了这圈子。这还是明面上的，暗地里那些见不得光的规矩和勾当，使受害的模特不在少数，真正能通过那层层规则爬到台面上的，少之又少。

但时懿的低调和她现在的人气极为不成比例，有不少流言蜚语、潜规则不胫而走。

模特界嘛，圈子小，模特的心眼更是狭小，三人成虎，风言风语传入她耳中已是难听至极！

现在好了，那些猜疑流言，不攻自破！

林淮南在时懿公寓前停车亲吻画面被拍，登上娱乐头条！

这条消息，就像是一枚重磅炸弹，不仅将模特界炸得人声鼎沸，还殃及娱乐圈，波及到金融界！

作为她的经纪人，慕千寻表示，她真的压力山大！

短短一天之内，有关时懿和林淮南的新闻被顶上了热搜第一名！

她的电话，托那些娱乐记者的福，已经被打爆了！

还有那些战斗力强悍到匪夷所思的黑粉。

你发可怜，她们说你博同情；你发微笑，她们说你绿茶；什么都不发，她们当你缩头乌龟，分分钟虐得你想上吊，却还淡定地笑你玻璃心！

都是些什么人啊！

时懿和林淮南的绯闻没有随着时间而沉淀下来，反倒因这两位当事人的沉默，水涨船高，天涯上各路帖子、各种猜测纷至沓来。

最热闹的，当属时懿微博下方。

漫天的黑粉，以及好事之徒刷屏。

当然也不乏真心力挺的粉丝，其中的翘楚当属微博名为：时家的骄横小狮子。

人如其名，一流的狮吼功，无比的骄横！

一言不合，就破口大骂，中英文混合，不带半个脏字，愣是让你被骂，都骂得心服口服！

时懿鲜少登录她的微博，基本上都是交给慕千寻打理，自然没能领会她家的小狮子给她立下的赫赫战功。

直到一位被骂得手欠的黑粉点开了"时家的骄横小狮子"的账号，并截图上传。

**专黑时懿三十年：[鄙视] 你弟啊！ @时懿@时家的骄横小狮子**

下面则是截图，"时家的骄横小狮子"微博姓名一栏清晰地写道：近了，Neil。

时姓本就罕见，小狮子还这么维护时懿，是个人都以为他就是时懿的弟弟！

事实上，他的确是！

这下子，慕千寻没办法继续坐山观狮斗了，内心深深吐槽时师智商掉线的同时，给时懿打了电话："时懿，快来救救你弟。"

"他在哪儿？"时懿呼吸一窒。

慕千寻得逞地笑了笑："你的微博下方。"

……

通着电话，时懿登上了自己的微博，每条微博下方都有大批的粉丝留言,留言置顶的是一个叫"时家的骄横小狮子"和一个"专黑时懿三十年"的账号。

时懿滑动鼠标大致浏览了一下他们的对话，微微语塞，没想太多随手发了一条。

时懿：回家。@时家的骄横小狮子

时家的骄横小狮子秒回：老姐 [ 委屈 ] 他们欺负你……

时懿：回家。

时家的骄横小狮子：姐夫，一起！@林淮南

时懿大脑放空半秒钟。

林淮南……他应该没那个时间上微博吧。

又隔了半秒钟，进来条消息。

是林淮南的。

林淮南：嗯，小舅子。@时家的骄横小狮子

饶是时懿自己也没有想到，微博因她本人和林淮南的参与，将话题推到了全新的高潮。

Ge 歌格葛各：小狮子，姐控啊。[ 偷笑 ]

小包子带给我好运气：天 [ 惊讶 ] 林总，您确认没被盗号？@林淮南

林淮南：谁敢。

小包子带给我好运气：[惊讶]这就是传说中的被翻牌了吗？[激动]林总V578！

浮云也是一朵云：真心萌小狮子！像咱们东北爷们，吃得了炸药，咽得下安利！@时家的骄横小狮子

专黑时懿三十年：握草，[愤怒][愤怒]墙头草！

成功引火自燃！

阳光静静地洒满整个餐厅，仆人悄无声息地送上一份份精致菜肴。阳光的剪影，落地窗外的池水，无声地衬托出男人高大修长的身影，即使静坐，也是挺拔如画。

时懿面色沉稳，安安静静地坐在男人的对面，黑白分明的眼睛有些走神儿。

林淮南将手里的报纸叠好，放到一旁，浓黑的眉眼沉静不失锋芒地盯着她："生个小小蝎吧。"

"……你不喜欢孩子。"时懿白皙的小脸没太多的情绪，淡淡地陈述道。

他们的婚姻，终归有些强迫了他，她不想连孩子也是自己强求来的。

"嗯。"男人沉声应道。

这世上，他只喜欢小蝎子，哪怕是小小蝎也不行！

林淮南将她从椅子上抱起，塞进自己的怀里，女人软若无骨的身上散发着淡淡的香味。

那是任何一种香水都模拟不了的，独属于怀里这个女人，而这个女人，正好完完全全独属于他！

这个认知，让男人心情好转了不少，拿起筷子夹了几根海带喂到时懿嘴边。

"我不生的。"时懿紧抿着嘴唇。

男人脸色骤沉，因为这个话题，又是不欢而散。

时师在美国读大一，暑假八月份到中国来看望时懿，打电话过来说明天中午一起吃饭，时懿只好留在林淮南这里过夜。

他一直以为她和林淮南感情不错，时懿也不想过多破坏他的印象。

躺在卧室的床上，时懿没有开灯，遥远的月色和星光从窗户透进来，令静谧的室内，透着一种令人心慌的清冷。男人滚烫的身躯将她搂在怀里，短暂呆滞后，时懿轻易地睡着了。

一觉睡到第二天中午。

几乎是瞬间，时懿就感觉到两道锐利深沉的目光投了过来，仿佛无时不在。

"小舅子在楼下。"男人静静地坐在沙发上，一身剪裁得体的意大利纯手工西服，衬得他俊朗不凡。

"哦。"时懿回过神儿，爬下床钻进浴室洗漱出来。

小狮子长得眉清目秀、高高大大，走的却是杀马特路线，浑身的不安分因素，打架斗殴从来都能看到他的身影，但对林淮南却是毕恭毕敬！

"姐，姐夫多疼你，让你睡到这个点儿才起来。"说完，故意朝时懿眨巴起眼来。

时懿极为淡定地应道："嗯。"

"你眼睛怎么了？一直眨？"困惑地看向她家小弟。

小狮子无力地垂下头，偷偷凑到林淮南耳边，探着他家老姐的秘密："那什么，我姐在那方面，懂风情吗？"

林淮南漆黑的双眸仿佛万年古井，平静无波，淡淡道："我懂就好。"

小狮子这么一琢磨，也琢磨出了些名堂，大力地拍了拍他的肩膀道："姐夫，苦了你了！"

饭桌上，小狮子手机震动了一下，拿起手机看了看，头发都竖了起来：

"Fuck，那个黑我姐的粉又发了一篇长帖。"

林淮南漫不经心地看了他一眼："说来听听。"

"她脑子真被驴给踢了，连姐夫你账号是假的这类浑话都说得出来。"小狮子又往下翻了翻，勃然大怒，"靠，说我姐潜规则上位，勾搭摄影师，挤兑同行。"

"姐，这人还连带我们全家都骂了……"小狮子哼唧两声，饭也不吃，一头扎进手机里和那人又干起来了。

"小蝎子。"男人低低的声音传来，时懿略窘地抬头。

这黑粉，还真是爱她！

"嗯？"

呼吸一重，腰间已被一双有力的大手环住，时懿的腰胸瞬间被迫贴近那冷硬的黑色西装。

这个男人，控制欲真是极强啊。

男人大手沿着她纤细的腰线缓缓摩挲滑动，视线紧紧地锁着女人略显困惑的脸庞，声音撩人："你果然最能结仇了。"

时懿乌黑的眸子亮晶晶地望着他，仿佛被泉水洗涤过："是吗？"嗓音里透着淡淡的无辜，视线落在时师身上，却沉了下来。

放任自己亲人无辜中箭，这点，她无法容忍，也容忍不了！

男人咬上她的耳朵："为我生个孩子。"

怎么会和小蝎子冷战，他是疯了想将她推给别的男人才会那么做！

"你不喜欢孩子。"时懿幽幽地望着他。

"你生的，我就喜欢。"

……

男人眼中清冷阴沉不减，却比记忆中，多了份不真实的璀璨。

小狮子突然爆了句粗口："干！干死你！"

时懿目光闪了闪："Neil，吃饭。"

小狮子红着眼睛抬起头，哪里还有刚才的那身戾气，像只可怜兮兮的大花猫，磨叽了一会儿快速在微博下面留了言。

时家的骄横小狮子：你等着，我姐喊我吃饭，等老子满血回来干死你！@专黑时懿三十年

专黑时懿三十年：……

最后，小狮子也没吃多少，扒拉完米饭拿着手机风风火火地跑了。

也许是时师的胡闹和林淮南在微博上的那声"小舅子"，不少广告商家纷纷又向时懿抛出了橄榄枝，聘请她做他们的广告代言。

慕千寻笑眯眯地接完商家的电话，一脸无奈地挂掉："活儿来了。"

"你真的不给我说说你和林淮南的事儿？"末了，慕千寻追问道。

时懿抿了下唇，问她："林淮南的消息，你敢听？"

慕千寻瞪了她一眼："我看这事儿八成是真的，你可从来不会拿某个人狐假虎威。"

……

慕千寻没空和她斗嘴，不少琐碎的细节还要商讨，行程也需要安排，拿上沙发上的包径直离开了。

手机铃声响了几遍，时懿慢条斯理地找了一会儿，才从沙发缝隙里找到，按下接听："喂。"

"在的……不想出去……你在楼下？"时懿对着电话那端慢吞吞地回着。

看了眼窗外，外头下起了细雨。时懿站着发了一会儿呆，便拿着两把雨伞出了门。

那辆醒目亮眼的红色拉法利正烧包地停在她的公寓楼下。

时懿还没走上前，车窗便缓缓打开，露出男人一张妖孽到极致的脸，

笑容里透着艳丽，眼神慵懒，姿态华丽。

钟梵，娱乐圈新晋影帝，灿若桃花的脸吸睛无数，尤其是那双如妖孽幻化的桃花眼，分明无情却看似多情，轻轻一挑，好似人的魂魄都能勾了去。

"Lisa。"男人拿掉鼻梁上那硕大的墨镜，姿态魅惑，表情却淡得几乎看不出来。

"小区居民认识你的车牌号，"时懿不轻不重地扫了他一眼，将手里的雨伞扔进副驾驶，"伞给你，走吧。"

钟梵单手托着下巴，从容冷漠的神态，艳丽入骨的姿色，薄唇一勾，便是倾国倾城的诱惑："吃饭去。"

时懿盯了他一会儿，吐出两个字："不去。"

钟梵嘴角抽了抽。

他在娱乐圈好歹也是一枚小鲜肉，怎么到她这里让他产生一种他连老腊肉都不如的感觉！

"我饿了，看着你才能吃得下饭。"色诱不行，某人又改成撒泼打诨。

"你手机里有我的照片。"时懿神色淡淡地。

钟梵神色敛了下去，静静地看着她，眼底漆黑一片，眼中倒影全是她。

时懿呼吸突然有些不顺起来。

下意识地抬起头，一辆黑色加长林肯稳稳地停在门口，车前的雨刷正有节奏地刷动。

是 King——

有些人的目光，天生便能令人感到威胁。

隔得这么远，她甚至看不清车里男人脸上的表情，他也不一定看到了她，可她却能清晰地感觉到两道锐利深沉的目光，仿佛无处不在，无论她是近是远，都躲不开那无形却迫人的目光。

雨水连线般落下，时懿微微走神儿。

钟梵嘴角挂着如雾般的笑意，打开车门钻到时懿的伞下，一双妖冶的桃花眼微微上扬，妖艳魅惑："我有部古装电影开拍，想请你客串。"

时懿眸子闪了闪："我是模特。"

"只是客串。"男人抬头，将她垂落的黑发拢到耳后，温言软语道。

"我懒癌入骨，没得治了。"后背好似窜上一条细细的游蛇，时懿心头微颤，有一句没一句地答着。

她的反应，意料之中。

钟梵微微笑了笑，隐去了眼里的妖艳之色，整个人透出一丝罕见的纯粹："Lisa，我终将会让你答应我的。"

话里的几分自信，让时懿皱了皱眉。

男人在她脸颊上落下一吻，很轻："雨大，记得看路。"

怔怔地望着红色法拉利驶远，还没等时懿有任何反应，一双有力的大手，已经稳稳地握住那撩人的细腰。

下一秒钟，时懿腾空而起，落入一个冰冷的怀抱，手里的雨伞顺势落下，溅起了一片水花。

"King。"声音沙哑，饶是时懿自己也没想到，自己会紧张成这样。

腰肢被男人重重地搂着，整个人贴着他温热坚实的胸口。时懿有点儿昏乎乎地抬头，目光刚触到他棱角分明的下巴，便立刻垂了下来，心跳如雷。

林淮南深沉的眸子盯了她片刻，最终什么都没说，抱着她进了她的公寓。

时懿只觉得全身血管里的血都是冰冷的，心跳加快，仿佛被灼热的液体，慢慢浇了一身。

男人坐在沙发上，将她放到自己的大腿上，单手搂着她的腰，仿佛再熟练不过。

时懿身上的力气渐渐回来了，心神定了下来："你怎么来了？"

这是他第一次来这里。

眼前女人肤色白里透红，水蒙蒙的眼睛晶莹剔透，微湿的裙子贴着她玲珑的身段。

男人眸子暗了暗："今晚，我留下。"

时懿微微语塞："随你。"

"我要洗澡。"湿漉漉的滋味，并不好受。

林淮南揽着她腰肢的手松了松："十分钟。"

"嗯。"她懒懒地应了声。

从浴室里出来，时钟已经走了一圈。

男人就静静地坐在房内沙发上，脸隐在阴暗里。

时懿咬了咬下唇，她刚才忘记拿换洗的衣服了，只能用浴巾裹住自己，打开浴室的门。

出乎意料的是，男人已经洗完了澡，腰间随意搭着一条白色浴巾。

他赤着上身，还有些湿的黑色短发，紧贴着英俊硬朗的脸庞，宽阔坚实的肩膀，肌肉柔韧的手臂，结实修长的双腿，在灯光下显得暗沉的麦色皮肤。

他指间的一支香烟已经快燃到尽头，茶几上的烟灰缸里亦有几个烟头。

显然已经洗完等了好久。

此时，那夜色般深沉的双眸，正透过袅袅的烟雾，灼灼地盯着她，不发一言，却令时懿感觉到眼神中满溢的侵略味道。

"过来。"他把手中的烟头戳灭在烟灰缸里。

时懿走到他身旁。

他的体格很高大，即使端坐着，也令人觉得气势逼人："我的话，你好像没放在心上，林太太。"

"林太太"三个字咬得极重。

时懿又有些走神儿。

　　和林淮南在一起，她并不排斥。领证当天，两人就发生了关系，之后在一起，更是情到深处，情不自禁。

　　即便，林淮南对她没有感情。

　　"你在走神儿。"男人顿了顿，声音沉了不少。

　　单手将她揽入怀里，林淮南已经十分熟悉她的身体，知晓那种姿势她最习惯和舒服。

　　时懿微微回了神儿，脸颊贴上男人滚烫的胸膛："我困了。"眼皮非常沉重。

　　"钟梵，什么时候认识的？"男人似乎不打算轻易放过她。

　　"蛮早的。"大学里。

　　"你让他碰了你。"男人声音一下子危险起来。

　　"……他经常这样。"时懿脑子慢慢放空，慢吞吞地答道。

　　周围温度瞬间降了下去，林淮南神色冷漠，眼神晦暗难测，细细探去似乎能隐隐瞧出几丝暗火流窜而起。

　　时懿眉头皱了起来："他是我大学同学。"

　　男人的俊脸，慢慢覆上漠然的神色："你在帮他说话。"

　　时懿轻声应道，大概是泡澡时间长了些，到现在还有些头重脚轻的昏眩感，上下眼皮子打架。

　　男人神色彻底冷了下来，悲喜难辨，搂着时懿腰肢的力道有些失控。

　　大约是难受极了，时懿的意识开始陷入混沌，喃喃道："King。"软糯的语气又是脆弱又是好听。

　　这还是她第一次用这样的语气对他说话。

　　林淮南微微一怔，垂眸看了过去，正好望见时懿晕乎乎地睁着眼，视线瞬间被她清澈如水的眸光吸引，气温缓缓升高。

　　"我难受。"时懿声音又软了不少。

　　望着女人双颊上漂浮着的异常艳丽的绯红，林淮南眸子随即没了温度。

时懿烧了一夜，高烧退了下去，又变为低烧，交叠反复，第二天凌晨，才稍稍好转。

高烧中的时懿，身子软成一滩水，安安静静地躺在林淮南怀里，林淮南捏揉搓扁都没半点儿反应；转到低烧却一反常态，身子像蝎子一般攀附在林淮南的身上，勾住男人的脖子，肆意点火。

"说，你是我的！"褪下冰冷的外壳，时懿露出热情霸道的本性，不客气地咬着男人的耳垂。

男人深沉的眸子陡然盛满星光，像是天边最亮的那颗星。

对时懿的胡闹，倒也不恼，反倒带着些许宠溺，惯着她。

时懿眉头突然又深皱起来，被感冒侵染后的嗓音沙沙的，由时懿嘴里吐出却别有一番韵味："不说，也只能是我的！"

林淮南眼底盛满笑意，他就喜欢她天蝎座原本的模样，霸道热情，只对自己喜欢的人！

醒来的时候，是在她的卧室，阳光正好洒在时懿的脸上。身边，男人的呼吸沉稳悠长。

时懿蜷在他怀里，腿脚逐渐酸痛，轻轻掰开他的手，想要起身，谁知刚掰开他的手掌，立刻被男人握住双手。

"老实待着……"低沉的声音传来。

时懿抬头，却发现男人依旧紧闭双眼，连睫毛都没颤一下，眼眶下有着淡淡的阴影。

"你可以不用照顾我的。"时懿低声道。

林淮南睁开眼，深深地看着她，那双黑眸仿佛要看到她心里去："小蝎子，有时候，真是恨死了你的口是心非。"男人有些恨铁不成钢道。

时懿身子隐隐一颤，随即恢复了正常，漆黑的眸盯着头顶的雪白，心头泛起一股淡淡的酸涩，堵得她眼睛发胀。

下午，慕千寻怒火冲天地闯了进来，打开手机点开微博，甩到时懿跟前："你和钟梵又是怎么回事？"

"没什么。"时懿精神不太好，睫毛垂得极低。

慕千寻气得心都疼了："那为什么会有狗仔拍到你和他 Kiss 的画面！"

她看到这个消息，整个人都要炸裂开了："现在好了，你的微博下方涌来一大批他的粉，净黑你的！"

"还有……"

"摄影又要延期？"时懿淡淡地挑了下眉。

慕千寻噎了噎："那倒不是。"

"你一开始就不应该和林淮南扯上关系，这个人深沉难测、手段狠辣，和他有关的话题需要经过他的默许才可以发布。钟梵就不一样了，绯闻越大你的名气也就越大，连带着进入娱乐圈也易如反掌。"

"只是，你现在两个都招惹了，平衡不好双方还有他们的粉丝，到时候你两个圈子都混不下去了！"

"哦。"时懿缓缓躺下，拉好被子。

"你能不能告诉我，林淮南和钟梵，这两人和你到底是什么关系？"

"寻常关系。"时懿眉头微皱。

"……你能不敷衍我吗？"慕千寻无力地揉了揉太阳穴，再这样下去，她还不如去捧时师呢。

如果两人大吵一顿，该交代的小狮子都会给你交代得一清二楚。哪里像时懿，像一拳头打在棉花团上，净是憋屈！

"给你两条路。"声音冷了下来，慕千寻正色道。

"第一，和林淮南断了关系；第二，和钟梵划清界限。"

脚踩两条船的罪行一旦落实，粉转路人，路人转黑，黑上加黑，那绝对是将人往死里逼！

"时懿，你只是一个模特，因为拍广告稍微有、点、名气的模特！"慕千寻揉着隐隐作痛的太阳穴，有些发火。

时懿慢慢从床上坐了起来，视线越过慕千寻落在身后男人修长的身体上，笑了笑："第一种呢？"

"……可以。"慕千寻细细掂量一番，林淮南这样的男人，不是他们可以招惹的。

"我不准呢？"男人微微抬起脸，浓眉凌厉，眸色如墨，脸色挂着清淡的笑容，无端地让慕千寻脊梁骨一颤。

林淮南缓缓走来，深邃眼眸暗光一片，灼灼地盯着眼前脸色略显苍白的女人，虽然还挂着笑，脸色却愈发地冷。

林、林淮南？

慕千寻狠狠地咽了咽口水。

她真没想到，有生之年，竟然可以亲眼见到林淮南！

等等……

"时懿！"狠狠掐了自己大腿一把，慕千寻才将自己的三魂六魄收了回来，"都说日有所思，夜有所梦，我这不是做梦吧？"

时懿嘴角微微抽搐，一本正经地摇头："不是。"

慕千寻悬着的心松了松。

"你梦游。"

……

这个关节骨上，她能不能不要讲那些没有内涵的冷笑话了！

林淮南熟稔地将时懿从被子里掏出来，拥进自己的怀里，在床边坐下，单手搂着她的腰肢，另一只手摸上她的额头，还有些低烧。

反观时懿，习惯性地往男人怀里缩了缩……

一系列动作下来，站在边上的慕千寻早已看得目瞪口呆。

林淮南端起床头柜上的玻璃杯。玻璃杯精致厚重，雕刻的花纹清晰可见，折射着淡淡的光泽。他抿了口，又将杯子晾了一会儿，才将杯口凑到时懿嘴边。

拿捏不准他们的真实关系，慕千寻小心翼翼地开口："林总，你知道网上现在有很多攻击时懿的声音吗？"

林淮南闻言，眼神锐利地盯着时懿看了几秒钟，话却是对慕千寻讲的："身为经纪人，连这点事都处理不好？"

慕千寻双腿软了软，差点儿跌坐下去，想想又有些不甘心。她又当爹又当妈地操心着时懿，哪点亏待过她了，血压慢慢趋于正常："林总，就一句。"

"您和时懿，什么关系？"这点弄不清楚，让她以后怎么做公关，"你们，真的是夫妻？"

"……是，也不是。"答这话的，是时懿。

他们婚姻的基础，不是爱情，而是利益的捆绑。

这和反过来放置的玻璃杯没什么区别，精致华丽的透明外表下，空空如也，一滴水都盛不了。

她对男人的怀抱有些过度眷恋，这现象极为不好。

这习惯，必须得戒。

身子从男人胸膛离开，时懿眸中晦涩难辨："那些人，由着他们说好了。时间长了，总会淡下来。"

"那你也没什么人气了！"慕千寻忍不住在心底念叨了一句，脸色不太好看："我先走了。"

对上林淮南，她笑容灿烂："林总，再见。"

林淮南点了点头，神色淡然。

慕千寻走后，林淮南看向她，沉声道："那话什么意思？"

"……King，我净身出户，好吗？"

时懿将身子蜷了起来，语调沉重，像是经过了深思熟虑。

"什么时候有的念头？"

"一直都有，直到 Dad、Mum 车祸那天，我才下了狠心。"时懿眼睛红了起来，幸好她现在还有些生病，沙沙的嗓音没有出卖她内心太多的难受。

"小弟比以前乖了不少，我可以工作赚钱。"她可以自己养活自己！

男人眼睛眯了起来，危险地锁着她："小蝎子。"

"你、没、有、心、肝！"语气轻得几乎快要听不到。

时懿却听得尤为清晰，五个字像是五道大锤重重举起又狠狠砸下，震得她心乱如麻。

是，她没有心肝！

他有钱有权，可以重新去找一个有心肝的！

"所以，离婚吧。"

……

离婚……

林淮南试图从时懿脸上找出其他的情绪，但是那张漂亮的脸蛋上什么也没有，这模样令他心头微恼。

"我也没心肝，Lisa。"

低头吻上女人的唇瓣，亲得时懿气喘吁吁、头昏脑涨。

他这才松开她，声音极冷："我们绝配！"

温香软玉在怀，女人眉眼浮上些许媚态，美艳不可方物。

他发现，自己竟然比想象中，更想念她的身体："所以，别妄想从我身边离开！"

平复一下凌乱的气息，时懿擦了擦嘴巴："林淮南！King！"一连喊了男人的两个名字。

男人视线凌厉，似乎想要连同她的灵魂一起看透。

时懿没有移开视线："Do you love me？"（你还爱我吗？）

男人没有说话，眉头微皱，眼神危险。

很多时候，沉默代表默认。

时懿心沉了沉，避开他的视线。

那颗无处安放的心，不会再因为受伤而难受；不是不会疼，是疼了也没有太大的感觉了。

林淮南伸手探向她的额头，头又热了，眸色微暗，开始轻咬舔舐她的耳垂和脖子："Lisa，离婚，对你对我，都不好。"

"……再不好，又能不好到哪儿去？"

身体被林淮南咬得酥麻发软，闭上眼，脑海里都是他轮廓分明的侧脸，鼻翼间都是他的气息，时懿有些生不如死。

再差，也不会差到哪里了！

空气里有着淡淡的血腥味。

林淮南呼吸重了重，将她从正面抱在怀里，贝齿死死地咬着下唇，咬破了也没有松口的迹象。

低头，男人重重吻上她的唇。

时懿在他的唇舌间，颤声哽咽，狠了狠心，捧起男人的脸庞。时懿张嘴咬上男人的薄唇，猩红的微凉的液体缓缓涌入嘴里，顺着喉咙滑下。

为什么，他就不能放过她呢？

自心脏抽出的藤蔓开始疯狂地生长，时懿猛地推开林淮南，整张脸有一种死寂的惨白，双眸却泛着狠厉的光："King，我有病。"

林淮南黑眸锐利地盯着她。

"抑郁症。"轻得几不可闻。

男人长腿交叉叠着，并未看她，神色很是专注，似乎听得十分认真。

"多久了？"

"很久了。"

身子发软，昏眩感席卷上来，时懿眼前黑白交替更迭。

"我会自虐。"

"也会自杀。"

"……King，我爱过你，爱了整整一个曾经。"

但以前的Lisa已经死了，残存在这副身躯里的，是时懿！

林淮南神色动容："在你眼里，我们回不去了，对不对？"

"嗯。"

回不去了！

男人从床边站了起来，打横将她抱起，清冷而熟悉的男性气息，瞬间将她萦绕包裹，令她动弹不得。

"放我下来。"时懿卯铆足了力气，声音却软绵没有力道。

"小蝎子。"林淮南目光静静地看了过来，时懿立刻垂下眼眸，不想同他对视。

"这样的你，让我无法放任你自由。"

……

她坦诚，只是希望男人不要逼她。

却没想到，适得其反！

林淮南强制将她带回自己的公寓。

而今天，是两人僵持的第五天。

她一旦流露出些许抗拒之意，Neil便会在一个小时内出现。

他在用Neil威胁她！


时懿今天穿了一件禾绿色的吊带衫，下身搭配一件贴身的白色长裤，慵懒地像只猫似的蜷在沙发上画着画本。

她的脸色红润，精神了许多。铅笔在画纸上"沙沙"的摩擦声，在寂静宽敞的客厅里显得尤为清晰。

"小蝎子。"

男人走到时懿身边，坐了下来，一只手臂搭在她背后的沙发上。

时懿后背挺得僵直，明明两人毫无肢体接触，她却觉得浑身不自在。

放下手里的铅笔，时懿合上画本，眼睑微垂："千寻给我发短信，明天下午两点拍摄杂志封面。"

林淮南皱了下眉，熟稔地将她拥进自己的怀里，下巴抵在她柔软的发顶，薄唇流连在她光滑的脸颊、胳膊上："我是商人，商人重利。你拿什么来贿赂我？"

时懿心中升起复杂的情绪，漆黑的眸子黯淡无光。"我讨厌商人。"她喃喃道。

男人沉沉地笑了："给我生个孩子。"

"生下孩子，你放我自由，同意离婚？"时懿挑了下眉。

林淮南脸上的笑意淡去，顿了一会儿，神色漠然道："你想多了。"

诚然，她想多了。

有了孩子，只会加深他们的羁绊和纠葛，纵然断了，也会因为孩子，藕断丝连。

# 第二章

杂志封面拍摄主题是宠物，碗口粗的巨蟒是时懿今天的合作伙伴。

巨蟒是向动物园借来的，拔掉了毒牙，蜿蜒盘曲的蛇身虽然静止不动，却足够让身边所有的工作人员心里发寒。

而时懿，还要和巨蟒亲密接触。

慕千寻看到那条巨蟒，目瞪口呆，反应过来后冲到摄影师跟前："这就是你说的宠物？"

"你之前不是说猫、狗之类的吗？"

摄影师抬头扫了她一眼，面无表情地调试相机："嗯，改主意了。"

慕千寻一个劲儿地瞪着他，老半天说不出一个字。

时懿换好衣服化好妆走了出去，哥特式风格的妆容，一袭拖地真丝长裙，胸前一丝不漏，可稍稍侧身，大片光滑细腻的美背便显露了出来，美艳而又魅惑。

"时懿，今天的拍摄……"慕千寻垂下的拳头紧了紧。

"没事的。"时懿笑了笑，提起两侧的裙子，走向笼子里的巨蟒。

模特是她如今的工作，也不仅仅是工作。她由衷地喜欢并热爱镁光灯下的每一张照片。和巨蟒拍照，不仅没有让她感到害怕，相反，她还隐隐有些兴奋。

巨蟒身上野性的、原始的美感，和她今天的妆容打扮相辅相成，拍摄出来的画面应当极具冲击性和震撼力。

工作人员将巨蟒从笼子里放了出来，简单指点时懿一些注意事项，让她不要触怒巨蟒。巨蟒没毒，性子还算温和，但它那恐怖的绞杀力，却可以轻易将人的胳膊和脖子给绞断。

慕千寻瞅着还是揪心，手掌微微出汗，却只能站在原地干着急。

对了，她这个开小毛驴的没办法，不代表开加长版林肯的也没有！

巨蟒还算配合，慢慢地在动物管理员的引导下缠上时懿的脖颈和身体，时懿垂下浓密的睫毛，静静地站着，便自成一幅《美女蛇》的图画。

摄影师眼底露出一丝惊艳，赶忙抓拍了这一幕。

不得不说，眼前的女人，气场冰冷而又强大，与生俱来的气质，才可以叫人生出这般从灵魂深处发出的惊艳感觉。

幸亏，他采纳了那个人的建议。

"林总！"

林淮南的车子，和他本人一样醒目。

慕千寻扣了扣车窗。

车窗缓缓而下，停住，露出男人潇洒俊朗的面容。

慕千寻稳了稳气息："摄影师要求时懿和巨蟒拍照。"

……

拍摄进展很是顺利，但是暗处，却探出了一只手，举起照相机，镜头直直地对准巨蟒的眼睛。

"咔——"白光闪过。

"嘶——"巨蟒头部猛地后缩，缠着时懿直直地往后仰去。

时懿重重地摔在地面，蛇身越收越紧，勒上了她的脖子，只消一下，便将她胸腔里的空气挤压得一丝不剩，时懿用尽全身力气挣扎，可完全是徒劳的，巨蟒将她压得死死的，无法动弹！

林淮南赶来时，看到的便是时懿面红耳赤、生命垂危的一幕。管理员慌慌张张地举起手里的麻醉枪，射击了几次都没能打中。

林淮南夺过他手里的麻醉枪，一连射击三次，巨蟒才在空中晃了晃，一头栽在了地上。

时懿发丝凌乱地躺在地上，身子发软。她黑亮的眸子看向面沉如水的男人时，微微发红。

男人眉目硬朗，没有半点儿笑容："小蝎子。"

低沉的声音仿若穿越了一个世纪，将时懿冰封的心划出一道裂缝。

果然，他才是，她的劫！

晚上七八点，小狮子赶了过来。

林淮南做事一向极有分寸，在时懿的精神和身体都恢复良好的情况下，才通知了 Neil。

刚进屋，小狮子愤怒的咆哮便传了出来："巨蟒！他们怎么不请美杜莎拍照！"

"Neil！"林淮南从二楼栏杆处望了过来，"Lisa 需要休息。"

听到姐姐，小狮子火焰全消，竖起的头发乖乖垂了下去，湿漉漉的眼睛温顺得不可思议。

"姐夫，"可怜兮兮地望着他，"我姐现在怎么样？"

"还好。"

……

时懿脖子上浅粉色的勒痕在男人精心照顾下褪了下去，对于那天拍摄行程只字未提，精神状态还可以，只是容易走神儿。

对于林淮南的求爱，也没有拒绝。男人也并不是夜夜都这样，但是不管多晚回来，必定抱着她共眠。

时懿原以为自己会很不适应，可时间一久，竟然发现自己完全不讨厌这种感觉，甚至已经开始习惯在男人温热坚实的胸膛中入睡。

小狮子在林淮南的公寓住了下来。


"姐夫，我姐微博下方一片黑，你真的不管吗？"小狮子闷闷地趴在书桌上，继续道，"我姐那人，什么都看得淡，旁人只当她不在意，我却知道她心里其实是介意的！"

"营销号炒作，跟踪偷拍，触怒巨蟒。"话，点到即止。

"有人故意陷害我姐？"小狮子不傻，立马反应过来。

林淮南跷着腿，继续慢条斯理地翻看放在腿上的文件。

"……那你就任由别人欺负我姐吗？"小狮子毕竟道行浅，忍不住担忧地追问。

林淮南抬起头，湖水般沉静的目光中，是男人毫不掩饰的占有欲："我都舍不得欺负的人，哪能让他们给欺负了去。"

小狮子默默地咽了咽口水，没再说话。

时懿是被林淮南吵醒的，脑袋根本还是晕的。林淮南压在她的身上流连轻吻，足足厮守了大半个小时，才放开她。

"小蝎子。"男人将她放在自己手臂上，另一只手紧紧扣住她的腰肢。

完全占有的姿势，吻了吻她的长发："蟒蛇缠上……害怕吗？"

"一片空白。"时懿将身子蜷得紧了些，头埋在男人滚烫的怀里，全身软了下来，困意漫了上来。

她记不清了。

"你又是什么样的感受？"睁开眼，时懿目光沉静。

林淮南闻言笑了，黑眸极为认真，最终却只道："睡吧。"

时懿幽幽地瞪了他一眼，颇为郁闷地闭上了眼。

期间，恰逢林淮南和时师都不在，慕千寻来时，叮嘱时懿好好照顾自己，临走，言辞闪烁："时懿，钟梵被人打压了。"

……

纵然时懿一向自制，此刻也一下子火了。

仿佛多日两人表面平静的相处下，暗暗积累的怨气，被强制留在他身边的不甘，和心中隐隐对他越来越深的依赖和不舍，交织成一股难以抑制的怒气，瞬间爆发。

接近十点钟，酒吧里的人越来越多，音乐也从轻缓逐渐变得热烈激昂。

一种疯狂宣泄的气氛，如同病毒一样在酒吧内蔓延。

时懿越过迷醉沉沦的人群，径直坐了下来："橙汁，谢谢。"

橙汁很快送了过来。

男人本就生得一张艳丽至极的脸，现在又因酒精作祟，为他整个人蒙上了一层迷离的疏远："Lisa，世界就是这样，从来没有公平可言。"

钟梵说话的样子总像是在开玩笑，唇角微翘，眼里留情。只有真正了解他的人，才知道那根本不是说笑。

男人漂亮的脸上没有太多的表情，连声音都淡了下来，波澜不惊。

"是 King 做过了。"她知晓林淮南极度嚣张自信，所以对于不理智的占有欲，也能以坦然的心态面对，然后以极端的做法贯彻到底。

男人眉梢眼角浮上一点儿醉意，艳丽妖冶，话语间流淌出清晰的危险之意："林淮南？"

时懿眉睫低垂，抿了口橙汁，甘甜微苦："He is my husband."（他是我丈夫。）

……

钟梵定定地看了她一会儿，整张脸埋在大片的阴暗中。

打了个响指，要一瓶浓烈的伏特加，姿态闲适地喝着。

对于酒，她不懂，却恰好懂伏特加，没有比它还要纯粹的酒了，除了酒精，什么也没有。

"Lisa，我不想谈他，还有我的破事。"男人眼底掠过光影，修长的手指滑过时懿的脸颊，停留在她的唇上。

时懿的唇很漂亮，弧度刚好，色泽刚好，弹性刚好，让人挪不开视线。

"谈谈你吧，你打算怎么补偿我呢？"

……

微微抬起时懿的下巴，男人神色专注。

"用你，补偿我。"

时懿将下巴从男人指尖错开："低级玩笑。"只当他胡言乱语。

"……要不，你客串我主演的电影。"钟梵身子微僵，手脚有些发凉，脸上缓缓绽放出一抹极其艳丽的笑容，声音性感而又沙哑。

"不是我对不起你。"她拒绝道。

钟梵忽然笑了，眼角微红。

她总是足够冷静，足够理智地在他心上补上一刀："你还真是，一点儿都不可爱。"

……

夜色如水，钟梵开车将时懿送到了她单独租下的公寓。

时懿下了车，男人长长的睫毛垂了一下，遮掉眼底情不自禁流露出的晦暗，再次抬眸神色慵懒魅惑，缓缓打开车窗："Lisa，这是剧本，红色记号笔备注的是你的角色。"递剧本的动作，温和而又强硬。

……

她到底还是从钟梵手里接过剧本，具体理由就是时懿自己也不太清楚。

她一向按着感觉走的。

唯一清楚的，是她此刻不想看到林淮南。

习惯性按下门铃，时懿嘴角抽了抽，她忘了，林淮南不在。

这是她的公寓，至于钥匙，她没带。

"咔——"

门被人从里面轻轻打开，时懿僵硬地转身，便看清了那人。

林淮南眼神牢牢地锁着她，神色却淡得几乎透明，周身透着入骨的寒意："Lisa！"

时懿还没来得及转身，林淮南大手揽上她的腰肢，然后身子骤然腾空，贴上了一个宽阔温热的胸膛。

短暂紧绷后，感觉到那熟悉的触感和气息，时懿只觉得心跳瞬间加速。

他总可以轻易打乱她的呼吸，还有心跳。

"喝酒了？"林淮南眼神阴沉，语调沉稳冰冷，合上门快步走进卧室。

时懿皱了下眉："橙汁。"

"都说了些什么？"

时懿抬眼盯着男人，只觉得被他沉重身躯压制的，不光是自己的身体，还有自己的心。

眼睛闪了闪，他知道她见了钟梵。

"停止对他的打压。"时懿拉了拉他的袖子。

男人深沉的眼像是有暗色的火焰烧了起来，将她放到床上，翻身压了上来，剥光她的衣服，一寸寸流连亲吻。

"King，不要将无辜的人牵扯进来。"

"他招惹了你！"男人动作停了下来。

"……是我先招惹他的。"

时懿喃喃道，低眉顺眼的脸庞给人毫无攻击力的柔弱感。

是她先招惹他的！

钟梵的美，倾城妖艳，属于暗黑系，那是阳光都暖化不了的、由骨子里生出的冷漠。

只消一眼，她就认出了她的同类。

身子主动缠上男人的身体，时懿喉咙有些发干。

"至今，我不亏欠钟梵任何，不愧疚任何。因为，一旦亏欠愧疚，就真的和他扯不清了。"

她在威胁他！

林淮南脸色沉了下来。

显然，她的威胁，是有效的。

"你为他浪费了很多纸，"他一直清楚，她身边有这样一个男人的存在，"他在你心中，什么地位？"

"……我只想画他。"时懿如实道。

"正如玻璃杯是玻璃，苹果是水果，钟梵是人，对吗？"男人眼底有着漫不经心的慵懒，薄唇间说出的话却逼得她无路可走。

时懿无力地点了点头，眼眸深沉，好似透不过一缕光线。他让她，温顺得没有一丝脾气。

林淮南亲了亲她的额头，面色好转了不少，脱掉全身的衣服，抱着她进了浴室。肌肤相亲泡在热水里，无须任何言语就能感觉到彼此压抑的热情，林淮南开始在她的皮肤上流连起来。

林淮南渴望她的同时，她也在渴求着林淮南。

清醒过后，她会懊恼，但无法否认当时林淮南带给她的震颤和悸动。

或许，她很快就能怀上一个孩子！

林淮南一大早就将时懿带回了自己的公寓。

小狮子每天像是吃了炸药，或是在经期，脸色黑沉，没一点儿大学生应有的阳光灿烂。

"姐，姐夫！"

时懿懒洋洋地枕在男人的臂弯里，半阖着眼。

"我从来都没有讨厌你喜欢我。"处于义愤填膺的亢奋期中的小狮子，头一次将这么绕口的一句话吐字清晰流利。

看来，真被气得不轻！

"不要理那些黑粉。"

林淮南昨晚故意带了点儿报复在里面，反反复复地折腾她，她身子到现在还有些发软。

时懿想躺在床上眯一会儿。

"不是黑粉！"

"一篇微博文章，标题叫'狮子座最讨厌自己喜欢上天蝎'。"

他光是看到标题，全身血气就逆流而上。

"姐，你天蝎。"他狮子座。

天蝎？星座吗？

她不关心这个。

"我怎么可能讨厌我姐呢？"像是受了天大的委屈，小狮子撇了撇嘴巴，眼泪汪汪。

……

她还是比较能接受狮吼。

林淮南将时懿放在了沙发上，凉凉地望了他一眼："克林顿和希拉里，比尔·盖茨和美琳达。"

"嗯？"小狮子困惑地皱起眉头，"他们好像都离婚了吧？"

"嗯，都是狮子配天蝎。"

"咔——"

小狮子粗壮的神经，骤然断裂，石化在原地。

时懿凝视了他一会儿："你对星座感兴趣？"

男人沉沉地笑了："不感兴趣。"

他感兴趣的，向来只有她一个。

"哦。"时懿慢吞吞应了一声。

"Lisa，你得罪过谁？"

林淮南将早报翻到一页，递到时懿面前，她又上了娱乐头条。

时懿看了眼，是她和钟梵在酒吧见面的照片。

钟梵本就美得跟个妖孽似的，即便画面有些模糊，却还是可以辨认出是他本人。

而她的侧脸，尤其清晰，像是故意一样。

"越来越过分了。"时懿淡淡道。

托那位幕后黑手的福，小狮子倒是在家安分守己好些天，不过，事不过三！

"我喜欢你攻击的模样。"男人亲了亲她的发丝。

一瞬间，时懿眼眶一热。她薄情，却敏感，对细节有着超越常人的执着，这不好。

时懿低头沉默了几分钟，嘴唇抿了抿，再抬眼已不见刚才的难过："King，可是我懒。"

攻击，从来不是她的本意！

时懿签的是国内数一数二的M.K经纪公司，慕千寻在这家公司算得上老人，资历深的也会恭恭敬敬地喊她一声"慕姐"。

"来了。"慕千寻从办公桌间抬起头，显然心情不错。

时懿淡淡应着："嗯，帮我调下当天我出意外的监控。"

大概，人都是这样的，走到一个地步，不得不走下去，就会勇敢起来，学会不逃避。她做事做人有她自己的一套方式和准则，旁人一旦触及了，便会显现出来。

慕千寻眸子闪了闪，唇边漾起一丝笑意："时懿，你被选中《VOGUE》中国版7月份杂志封面三位模特候选人之一。"

《VOGUE》，与其说它是本时尚杂志，不如说它是流行艺术结晶来得更为贴切。《VOGUE》以其时尚的敏锐触角，优质的空间布局设计，顶级模特的风尚，为看杂志的人精心营造流行与艺术的气质品位。

"那是本不错的杂志。"时懿眉头皱了皱。

英国版的《VOGUE》，她有在看："另外两个候选人是谁？"

"比起你这个菜鸟，另外两个可算得上老鸟了。"慕千寻耸了耸肩，笑得不置可否。

时懿的混血让她兼具西方人的冷艳和东方人的神秘，而她又是安静温婉的。

这类出类拔萃的气质，即便放在全球最大明星经纪公司 IMG 里，也是独一无二的。

"一个是 S.K 旗下子公司的杨若，还有一个就是同公司的安娜，两人的实力都不容小觑，"慕千寻打开抽屉将两人的资料递到时懿跟前，"拿回去看看，看看她们身为模特所拥有的，而你没有的东西。"

"千寻，"时懿缓缓推开眼前的资料，顿了顿，"我会用实力拿下《VOGUE》的杂志封面。"

"实力？"慕千寻嘴角抽了抽，声音有些冷，"你所说的实力，除了你的脸、你的身材，还有什么？"

"你是舞台经验比她们丰富，还是人脉资源比她们广阔？时懿，你连走台的步子都不扎实，这样的你，让我怎么不担心你被刷下来？"她这话，重了些。

时懿素来有主见，英国的环境和时父时母的宽容，对她的性子从未有过约束。

慕千寻三番五次戳她的脊梁骨，拿她经验浅一事说话，饶是她，也有些不太开心。

时懿面色微沉："这些资料，对选拔的结果没有影响。我做好自己该做的就好。"

模特不比其他，不是足球、篮球，需要分析对方每位球员的特长和短板。而 T 台上的短短数秒钟，看的是一个模特自身驾驭舞台的魅力和对时尚敏锐的捕捉和表达能力。

慕千寻脸色一时很是难看。

"你将我出事那天的监控资料调出来，传到我手机上，我去健身房锻炼。"时懿垂下眼睑吐字清晰，交代完从她办公室退了出去。

她不讨厌运动，却不太喜欢流汗，黏糊糊的，搞得整个人都不好起来。

但是模特这行，对于后天身体要求也是极高，圈内人素来信奉"腹部有马甲，臂膀有肌肉，转身有曲线"十五字箴言。

她清楚训练的重要，因此只好在每次训练完毕，去单独的淋浴室冲一次澡再出来。

慕千寻的办事效率一向不错，时懿锻炼好拿起手机打开她发送来的视频，皱着眉瞧了好一会儿。

"慕千寻的公关能力果然厉害，竟然能在短短的时间内将你捧到这么高的位置。"女人阴柔的嗓音绵里藏针，隔了一段距离仍有一股子浓重的香水味扑了过来。倒不是香水劣质，只是和她那个人，不相匹配！

女人身材纤细，比时懿还高出两三厘米，脸型略显方正，这点在模特里较为常见。脸上的妆容相比较时懿的素颜，显得重了。

时懿将手机放入口袋，关好柜子的门："嗯。"

安娜脸色青了又紫，一时竟不知说什么好，盯着她看了一会儿："《VOGUE》杂志封面的拍摄，是个千载难得的机会。"

时懿脚步顿了顿，垂下眉眼："我要去冲澡。"

"时懿——"

安娜声音突然低了下去："你我都明白，《VOUGE》后面的含义、地位、名气，还有广告邀约。"

"你还年轻，时懿，你还有大把的机会。而我，十五岁入行，这七八年来，我吃了太多苦。刚入行那会儿，一台五十元的秀我都去走，吃着盒饭睡着地下室，好不容易才一点儿一点儿走到今天。可你不同！你入行晚，新鲜面孔，现在又有林淮南和钟梵的绯闻，名气全开！"

时懿安安静静地瞧着她："你叫什么名字？"

"……安娜。"安娜狐疑地盯着她。

"安娜——"时懿淡淡地笑了笑，神色敛在那张笑容后："这世上，没有这么走后门的。"

"我们，各凭本事。"

没去看身后安娜的那张脸，时懿去单独的浴室冲了个澡，换上一件干净的休闲运动装，同慕千寻打个招呼走出了 M.K 大门。

宽松的运动装着在她身子上衬得她愈发纤细，湿漉漉的长发随意盘在帽子里，偶尔落下的几缕黑发显得时懿慵懒娇媚，身子蜷在出租车后车位上。

"师傅，去海边。"

时间还早，她一时兴起，想去看海。

在英国，有大片大片的海。

"哎，好嘞。"

师傅调转一个方向，开往这座城市边缘地带的海。

车子停在公路边，时懿一个人提着鞋，光着脚丫慢吞吞走在沙滩上，沙子从脚缝处流过的酥麻，让她有些上瘾，乐此不疲地重复着这个单调的动作。

迎面扑来的咸湿的海风，涨跌起伏的潮水声，令人心生温柔和宁静。

"叮——"

手机响了，时懿掏出扫了一眼，视线微微凝滞。

是林淮南，她不太想接。

林淮南察言观色的本事入木三分，从字里行间等细节之处去推测对手心理从而做出决策更是他惯用的手法。

她从来都不确定，她的那些小心思，他到底看穿多少、清楚多少。

想到这，时懿微微颓了下来，她和林淮南之间仿佛有一道无形的墙，隔在当中。她知道自己心中的那道墙是什么，但林淮南的心思她却猜不透。

迟疑片刻，时懿还是按下接听键，将手机放到耳边："喂，King。"嗓音略显沙哑。

手机那端沉默了几秒钟，男人淡淡的声音传来："你在哪里？"

时懿转身看向对面漫漫的蔚蓝色的海，嘴角扯出一个小小的弧度。

"在一个，经常在的地方。"

……

"King，在英国，Victor 老教授让我们画一幅画，叫"金风玉露一相逢，便胜却人间无数"。我查了中国诗词，这话的意思是，这一刻的美好，足以抵得上人间千遍万遍的相会。"

时懿眸子闪了闪，突然有些噎住。

林淮南的声音很近，却像从宇宙深处远远传来。

"小蝎子。"

他说得很轻很慢，在时懿耳中，却似有千钧之重。

"千遍万遍都太少，更不用说一刻。"

……

下一秒，男人又恢复他的霸道强势："站在原地，不准动，电话不准挂。"

时懿眉头皱了皱，她刚才的话再清楚不过了。

时时腻歪在一块久了，两人都会腻的，但是他现在对她的紧张，是不是可以证明他对她仍有着几分兴趣？

可兴趣，总归不是爱情。

黑色加长轿车平稳驶来，停在路边。时懿已整理好情绪，面沉如水，拎着鞋子走近车门钻了进去。

上了车，男人俊朗的脸隐在大片的阴影里，神色难辨，修长的手指有节奏地扣着座椅，一下一下地，像是敲在时懿的心弦上。

"小蝎子。"

"这世上的爱情千千万万，你刚才说的，只是其一。"

林淮南不轻不重地握住了她的手腕，双眼一片暗沉："这，也是其一。"

"也是我们的唯一。"

时懿沉默了好久，两人间的沉默几乎有一个世纪那么长。最后，她慢慢将自己的手掌抽出，眼角闪过一片水光："King，我古诗词不错的。"

父亲是中国人，因此虽然她和 Neil 从小接受的便是中英式教育，但是对于中国传统文化还是有一定了解。

她知道，"金风玉露一相逢，便胜却人间无数"这首词的最后一句是"两情若是长久时，又岂在朝朝暮暮"。

相爱的人，不一定要时时刻刻腻在一起，更何况是单相思呢？

"那次我交给 Victor 老教授的作业，他给了我满分。"

男人大手覆在她手腕上的温度灼灼烫人，温热了她那颗无处安放的心。从中她隐隐感觉了什么，知晓了什么，最终却只能生生将心头的纷乱压下去。

"你画了什么？"

"……回去吧。"系好安全带，时懿直直地盯着前方。

林淮南深深地看着她，那双黑眸仿佛要看到她心里去，可最后却一言不发，让司机发动车子，掉头驶了回去。

时懿咬着下唇，她画了什么？

她不过画了水天各一色。

公寓里，小狮子也在，同时懿和林淮南一道吃了顿晚餐。时懿低垂着眉眼，漫不经心地挑着碗里的水果蔬菜，勉强吃了几口。

小狮子大口扒着碗里的米饭，动作粗鲁却又透着规矩，吃好放下碗筷打了个招呼提前离席。

林淮南微微点头，目光却锁在时懿的身上。

他瞧得出来，老姐从回来便不太高兴！

时师麻利地打开电脑，登录微博，点开闪烁的留言，琥珀般的眸子腾地蹿起火焰。

又是这个"专黑时懿三十年"！

这个微博账号吸粉能力很强，原先就有两百万的粉丝，之前发的都是有关星座学说的文章，现在不知怎么回事，脑残地将微博名改为现在的这个，用来专黑他老姐！

**专黑时懿三十年：** 绿茶再怎么好喝还是个婊，红酒再怎么高档还是个婊！【鄙视】【鄙视】【鄙视】@时懿

下方还有不少跟风附和的。

**黑涩的吊带裙：** 太不要脸了，就没瞧过这么不要脸的，实在是太不要脸了！@时懿

**静待花开随你远航：** 嘤嘤嘤，时姐姐，求放过萌梵一条生路，奴家这边给您磕头了。

**差点儿是个帅哥1221：** 人都不要脸了，咱们还能怎么样！

**柯南南男男：** 这么说一个女的，博主不觉得自己有些过分？

……

电脑前，时师脸色愈发难看，捅人的心都有了！

他姐性子淡，但不代表她就得无条件容忍别人泼过来的莫须有的污水！

**时家的骄横小狮子：** Fuck you！@专黑时懿三十年

这是时师在微博上发的最脏也是最恼火的一句！显然，他的话只能起到火上浇油的功效。

不穿内裤的布丁:【偷笑】这活儿,得私下。

星星之火 fff:约约约,明天周六,我看成。@专黑时懿三十年

形势急转直下,微博下方的网友水得愈发起劲儿,小狮子盯着屏幕无语地抽了抽嘴角,他不过骂人一句脏话,怎么被扭曲成约炮了?

他是有多饥渴啊!

等了一会儿,"专黑时懿三十年"账号仍旧没有回应,小狮子转手登上自己的推特账号,还没聊几句,微博响了起来。

专黑时懿三十年:约! @时家的骄横小狮子

时师想了一会儿,给她发去了私信:周六下午两点,×××路星巴克。

入夜,天色没入一片黑暗,这一晚的月光很盛,清冷、干净。

精致奢华的公寓里,小女人系着可爱的棕熊围裙,在厨房里忙活不停。

那是一个极美的女人,白皙的面容笑意盈盈,黑白分明的眸子亮若星辰,此刻洋溢着满满的幸福。

咖喱还有一分钟煮好,宋清欢抬头扫了眼身子陷在沙发里的男人,那是何等妖孽的容颜,即便什么都不做,整个人都透出堕落的气息,带着自我毁灭的倾城艳丽。

只见过一面,从此记忆永不泯灭。如此的诱惑,她又怎么可能逃得掉呢!

微微收了收心神,宋清欢将咖喱分别盛入两个碟内,端到桌子上:"梵,开饭啦,今晚是你喜欢的咖喱饭哦。"

沙发上的男人眸子闪了闪,淡淡应道:"不喜欢了。"

宋清欢抿唇,走到他的跟前,看着他的眼睛:"多少吃点儿好吗?"

这是她辛辛苦苦为他烹制的!

"清欢,"钟梵直视着她的眼,单手支在沙发上,声音里有着一丝玩味,"我不相信一见钟情。"

宋清欢倒也从容不迫,用温婉的姿态化去他话里的咄咄逼人:"不是的。"

"你不信的,是我。可是那又怎么样!总归有一天,你会信我的!"

钟梵沉默不动,双眼暗沉,宋清欢坦坦荡荡。

"我爱你,我想要和你结婚,和你生孩子,和你一起变老。你接不接受,那是你的事。但就算是你,也不能阻止我要追你的决心,还有爱慕你的心情!"

钟梵笑了,脸好似沉浸在光晕中,晃得宋清欢头晕晕的,跟着心也晕了,胆子也大了些,喃喃道:"你可以拒绝,但麻烦你不要说出来。"

"因为,我怕我没说的那么坚强。"

……

《VOGUE》杂志面试流程和安排很快下来,日子定在本周五。

慕千寻纵使心底还有着气,但《VOGUE》拍摄机会实在难得,便一门心思投在时懿模特训练课程还有监督她的饮食上。

时懿这会儿也算争气,不喊苦不喊累,这些天还专门和一位芭蕾舞老师学习如何正确使用脊背的力量,拔高自己的气场。

回到公寓,累得不行,沾床就着,好几次都是林淮南帮她清理好身子抱她上床。醒来时,低头看看自己被换掉的睡衣,时懿什么也不说,默默走下床。

面试当天,天气有些阴沉。评委台上依次坐着三位评审,其中一位着实令人吃惊不小。

Steven Meisel,《VOGUE》杂志资历极老的摄影师,左右分别坐的,也是名声在外的外籍评审。

安娜只瞄了一眼，心脏就差点儿跳了出来，在后台化妆更衣室频频喝水。杨若倒和时懿差不多，心态放得比较好。只是化妆师在为其化妆时，稍有不慎，她便投来厉色，搞得化妆师手腕一颤一颤地，对着她那张脸抹抹涂涂，想着赶紧了事。

走秀的顺序，由抽签决定。无论是什么比赛，总归是顺序靠后的优势大些。时懿运气有些背，抽到了2号。杨若1号，安娜3号。

秀的主题是花仙子。

杨若一袭淡粉色绣花长裙，踩着七八厘米的白色高跟鞋走了出去，敞开大门的设计完美地露出她姣好的胸型和身段儿。时懿选了一套浅蓝紫色的丝绸短裙，印在上面的片片碎花精致而又别出心裁。安娜剑走偏锋，抹着大红色的口红，摇曳着烈火般的红裙走上了T台，头颅高高昂起，艳丽逼人。

走完秀，三人并排站在舞台之上。

Steven Meisel目光细细地在三人身上流连，和其他两位评审咬着耳朵，声音不轻不重，却是一口流利的英文。安娜竖起耳朵，没听懂几句，心底愈发着急，面子上也有些端不住。

讨论完毕，Steven Meisel轻声咳了咳："有一个问题，麻烦三位回答一下。你们觉得自己最大的魅力和特点在哪里？"

安娜和杨若同时嘴角抽了抽。

靠，他能说中文的呀！

不过他说的，怎么带着一股这么地道的京片子味？

杨若1号，来不及细想，答道："T台，走在上面，总会让我很兴奋。能做模特，对我来说，真的是一件超级幸运的事！"语气有些急促，甚至有些语无伦次，好像真是她说的那么一回事。

但，无关问题。

时懿沉默，淡淡冲着在座三位笑了笑。

安娜见她久久不说话，这才说道："T台上，有我太多太多的记忆了。年少轻狂到青春烂漫，T台教会我不少东西，那些是金钱都换不来的。要说魅力和特色，嗯，我的可塑性很强，可以驾驭不同的风格和时装。"

Steven Meisel听着，笑得和蔼，最后将视线集中在了时懿身上："时小姐，您现在还是保持沉默吗？"

时懿笑了笑："我表达过了。"

Steven Meisel想了一会儿，了然地挑了下眉："Yes."

"就你了，时小姐。"

"为什么？"安娜当即皱眉问了出来。

杨若也是一副茫然困惑的表情。

Steven Meisel抬手示意安静："摄影师的工作，是从不同角度拍摄模特身上最鲜明的气场，很抱歉，从杨小姐和安小姐身上，我并没有看到这点。相反时小姐，她天生带有一种隐隐的冷感，和一种复古的时髦感。尤其令我惊艳的，是她骨子里还散发出一股子魅惑。"

"这样的模特，非常稀罕。"

"但是Steven，她少了模特最关键的一样东西，那就是——"另一个女性评审琢磨了一会儿，吐出来一个词，"张扬！"

"她太安静了，不是吗？"

站在不远处的慕千寻心悬了起来，将手放在胸口，直直盯着台上的时懿。

时懿走上前一步，偏头浅笑："但它吸引到了你，不是吗？"

女评审皱眉，表情有些夸张："是的，你吸引到了我。"

的确，这点就够了！

"OK，Steven，就她了。"

不得不说，能成功面试上《VOGUE》杂志封面拍摄，饶是时懿这般清冷的一个人，嘴角也不由微微扬起。

回到公寓，林淮南没有回来，时懿一下午便窝在他的书房握着铅笔在画纸上勾勒着简约的线条。

她画过很多，最初画苹果，再到蔷薇，当然也有人。只是，唯独没有画过林淮南。

画了三页，搁笔，脖子有些酸痛。

下一秒钟，时懿整个身子被人腾空抱起，再睁开眼时，已然和身后的男人面对面。她只要微微侧下脸，似乎就能贴上男人的肌肤。

顿时，呼吸灼热，心慌意乱。

时懿垂下眼睑，不想去看男人脸上的表情："回来了。"

林淮南对她这副模样有些不满，搂着她腰肢的手用了力，和她的肌肤紧紧相贴。

他抱紧她，却几乎弄疼了她。

"恭喜。"男人细细咬着她精致的耳垂，时懿只觉得心头万般无力，蓦地想到回英国的前夕，眼神又是一暗。

"嗯，谢谢。"时懿靠在他的怀里，眼神有些涣散，没有焦距。

男人掌心抚上她的后背，将她放在沙发里，自己拿过她手里的画册，翻了翻，不过是些花花鸟鸟。

有段时间，她曾坚持不懈画蔷薇。

时懿有些倦意，忽然闻到鲜少闻到的烟味，抬眼望去，男人不知何时已经点燃一支烟，手指尖火光明明暗暗，就在这微弱的光线下，男人沉声开口："花花鸟鸟，能让你高兴？"

时懿困惑，仍点了点头："高兴。"

男人声线危险起来："能让你酣畅淋漓？"

"呃？"隐隐清楚了些什么，却又不是很通透，时懿没有直接回答。

"能给你，我给你的那般舒服？"

时懿眉毛上挑，接着脸噌地烧了起来，抬眸瞪着他："King！"

娇软的语气像是涂了一层厚厚的蜂蜜，滋润了林淮南此刻作祟的心。

"你真幼稚！"

……

想让她画他，直说就好！尽管，她不会答应！

医院里的消毒水味极重，尤其是重症病房。

"若若，我的女儿，你是最棒的！"

病床上的小女孩生得眉清目秀，白净的小脸上即便是睡梦中，仍旧带着一丝清晰的委屈。

慕千寻掉着眼泪，不停地亲吻自己的女儿。

她不过三岁，就要接受抽骨髓、化疗等非人的折磨。

孩子是最天真无邪的，有多痛，就会哭得有多声嘶力竭。

若若刚查出白血病的时候，她还像个普通孩子一样，有着浓密的头发，笑得像花儿一样。医生要为她抽骨髓化验，她知道很痛、很痛，却不晓得到底有多痛。

直到针头戳进去的那一刻，她懂了！

真的懂了！

若若稚嫩的声线又低又嘶哑，那声惨叫，就像从身体最深处传来，碾着她全身的骨头和血肉从缝隙里喊出来。

在那一秒钟，她的心跟着她的声音一同死去。

"妈妈会尽快找到相配的骨髓，妈妈会赚好多好多钱的。"

时懿拿下的《VOUGE》，可以为她打开通往国际舞台的大门。只要好好把握，她这个经纪人就不愁治疗费了！

只是，现在若若每做一次化疗，她就觉得她的心凉了一些，冷了一分，好似再也没有什么能入得了她的眼了。

# 第三章

　　在男人怀里醒来，时懿下床拉开厚重的窗帘，天色有些阴沉，空气里隐隐流淌着令人心烦意乱的气息。

　　Neil，昨晚没回来。

　　蜷在飘窗台上，时懿打开手机登录微博，弹出来的消息，慕千寻每天都在清理，有时候 Neil 也会登录她这个账号。

　　只是今早，在没有任何预兆的情况下，她的手机因为这几十万条的留言涌入，差点儿黑屏死机。

　　一个匿名账号，发表了一篇有关她的文章。文章很是细致，描述了她很是传奇精彩的模特生涯。

　　文末还不忘提到她如何勾搭上《VOGUE》的摄影师 Steven，进而取得了杂志封面的拍摄权，似真非假，似假非真。

　　时懿盯着看了好一会儿，才将视线从屏幕上移开，落在了床上男人俊朗的侧颜上。

　　这样一个深沉难测的男人成了她的丈夫，这样一份不知结局的感情放在了她的眼前，她不知道自己还有多少心力可以去承受和担当。和他在一起，她不会也不敢往深处去想！

　　只要林淮南不愿意放手，只要她没有真正伤透心，她想他们就会像现在这样，一直藕断丝连、同床异梦。

　　尤其是最近，她忙着拿下《VOUGE》，连离婚这茬儿都有些忘了。

　　星巴克，舒缓的音乐抵不过外头的死气沉沉。小狮子将咖啡馆里的每样都点了一杯，从抹茶拿铁到让人生无可恋的清咖。

白浅浅，就在小狮子浓重的怨念下，姗姗来迟。几乎是一眼，她就认出了那个在微博上一点就炸的男人，利索地坐了下来，眼底满是晶亮的执拗："骄横小狮子。"

这么大男人了，还取这么老土的名字！

小狮子狠狠喝了一大口清咖，当下好看的五官拧在一起，眼睛红了起来，湿漉漉的："苦，好苦！"

"啊？"白浅浅有些措手不及，下一秒钟竟觉得男人这样还挺反差萌的，但看他好像真的很痛苦的样子，抽了抽嘴角，从柜台拿了一颗糖塞进小狮子嘴里，"活该你！喝不来别喝！"

小狮子含着糖，口齿含糊，只好拿那双眼睛瞪着她。

白浅浅一屁股重新坐在了他的对面，眯着眼睛回瞪过去："瞪什么瞪，眼睛大，了不起啊！"

"你这女人，真是的！"嘴巴里的苦涩被淡淡的甜味儿代替了，小狮子俊朗的脸庞舒展开来，"你在微博上发的那些恶意帖子，我姐可以控告你诽谤。"清冽的嗓音沙沙的，像是初冬的雪，透着沁人的凉。

白浅浅眼皮子掀了掀，眼底泛起一丝冷意："我只是实话实说。"

"但是昨天的那个帖子，不是我发的！"她来，只是想将事情说清楚。

做错的，该承认的错，她会承认的。

"就绿茶红酒那个……我手机当时被我表姐拿去了，等我拿过来才发现她登了我的微博发了这句话。"尽管她后来已经将这条帖子给删掉了，但总觉得心底有些膈应。

小狮子磨了磨牙："你表姐是谁？"

一旁客人怪异的视线投了过来，白浅浅有些不自在，压低了声音脸红道："你小声一些。"

"你也知道害羞？你也知道别人投来的视线不好受，那你想过我姐的感受没有？"小狮子语气愈发冰冷。

白浅浅被他的眼神伤到，红唇倔强地噘起："你姐，那是罪有应得！"

小狮子怒了，一把抓住她的手腕大步走出星巴克，白浅浅整个人被他拽着，跌跌撞撞勉强才跟上他的步子，想甩手也甩不开，只得怒道："你想干什么？"

这人的脾气，怎么这么火爆！

小狮子七拐八拐，将白浅浅拉进了厕所，进去之前还不忘将一旁的障碍维修牌子踢到中间。

"砰——"

男人俯身欺下来，将白浅浅逼到墙角，退无可退。

"你说说看，我姐做这些事的目的和动机。"小狮子语气淡得没有过多情绪。

"地位，金钱，"白浅浅脑子有些当机，脱口而出时下女艺人和模特热衷的，"还有……名气。"

小狮子恨恨地望着她："时家是英国王室贵族分支之一，地位尊崇。我姐夫，林淮南，身价千亿，旗下公司众多。还有，你所说的名气，前面无论哪一个，都可以带给她足够的名气。"

"你觉得她需要勾搭摄影师，踩着其他模特，嗯，上位？"

白浅浅脑子放空，一个字也反驳不了。

她、她表姐那会儿哭哭啼啼对她说时懿欺压她……

眼前男人眼底喷着火，语速急促，如果这是表演的话，那么绝对可以提名奥斯卡金像奖。

恍惚中，男人略显低沉的嗓音传了过来："你有兄弟姐妹吗？"

"亲、亲的吗？没有。"白浅浅不懂他问的目的。

小狮子讽刺一笑："所以，你根本就没办法感受到那份血缘亲情。"

……

她有表姐的啊！但是，光凭她表姐的一面之词，她就给时懿判了死刑，在网上大肆污蔑。

等等，谁污蔑她来着！

她可是有证人的……

白浅浅颇为郁闷地低下了头，怎么办，她好像被他给动摇了，以后还怎么在网上好好发帖子啊！

"你表姐，叫什么？"

……

《VOGUE》此次拍摄的主题是中国风。

中国风的主题并不罕见。

2015 年 Met Ball 的主题便是"中国：镜花水月（China：Through the Looking Glass）"，而《VOGUE》杂志美国版 2015 年 5 月和杂志意大利版 6 月都曾展现老外眼里的中国风。

珠玉在前，到了时懿这版中国版，无论是从对中国风的定义，还是对模特的选择，抑或对摄影师的能力都是一种极大的挑战。

夸张的眼妆，梳着麻花辫，穿上极尽光怪陆离的服装，时懿一天的拍摄行程紧张而又充实。

在这期间，她同 Stenven 也进行了不少交流。嗯，全英文，她还是喜欢 Stenven 说他的母语，至少不会太出戏。

也是因为和 Stenven 的交流，时懿才知晓她被选上面试的原因。

《VOUGE》相中了她同巨蟒的那张，狂野、凌厉、气场全开，尤其是最后一刻的眼神，空洞濒临死亡。

"这下子真的好了。"中途短暂的休息，慕千寻给时懿端来一杯柠檬水，时懿接过抿了一口。

慕千寻在很多方面都是很照顾时懿的。

"《VOUGE》绝对是你走向欧洲 T 台的垫脚石。"

Steven 对她今天的表现很满意。

"那些 DIOR、Balenciaga 大牌广告拍摄就会像纸片一样接踵而来。到时候登上维密 T 台，插上翅膀，时懿，那时候你就是真正意义上的超模，首席超模。"

首席超模？

她好像，没那么大的野心。

时懿又喝了一口，没怎么说话。

慕千寻，没有说错。即便她想听从时懿尽量推掉国外的一些工作，但是，那怎么可能！

国外抛来的几乎每根都是橄榄枝，是国内一线模特挤掉头都想要争取的机会，怎么可能说放弃就放弃？

于是最初，慕千寻给时懿安排的工作量猛地激增。考虑到时懿的性格，她推掉了不少国内的广告，接下的也是一些大得不能再大的广告牌子。

时懿看着手里的工作行程，表情微微呆滞，良久才找到自己的声音："千寻，我接下来的日子，是不是都要在飞机上度过了？"

"是这样的。"慕千寻手指利落地敲着键盘，眼下透着淡淡的阴影。她手头上还有好些案子需要洽谈："护照在身边吗？"

"嗯，在的。"时懿幽幽地望着她。

慕千寻的确是个称职的经纪人，筹划行程，安排她的起居，都是尽心尽力。

瞄了下电脑右下方的时间，慕千寻眉头皱了起来："现在是上午十一点，你回去准备一下，下午两点的飞机，我们需要一点半前赶到机场。"

……

破天荒，时懿给林淮南打去了电话，以至于一向沉得住气的林淮南脸色彻底绷不住了，眉梢眼角瞬间绽放温柔。

"你们继续。"起身，在众目睽睽下离席。

林总在这样一个重要报告上离席，本就是个罕见事儿，尤其令在座下属瞠目结舌的，还是林总临走时身上的那股如沐春风。

幸好，林淮南招的向来不是嚼舌根的，大伙儿讪讪收回自己的表情，又投入到会议中。

电话那端传来浅浅的呼吸，半晌，女人绵绵的声音传了过来："King。"

"我下午两点，美国纽约的飞机。"

……

"我不在的日子，帮我多留意 Neil，不要让他闯祸。"

嗯，就这些了。

她想说的，也只有这些。

红酒的后劲儿上来，时懿昏眩得厉害，整个人陷在沙发里，慵懒魅惑。

她怂了，给林淮南单独打电话还需要红酒壮胆。

"小蝎子，你就……那么想要从我身边逃离？"林淮南双眼暗沉得不像话，她分明是对他有情的，她并不排斥和他亲热，她明明已然动情……现在却用这么决裂的方式，与他对峙？

"我去找你，不准逃！"不等时懿回答，男人语气急转直下，霸道强势，"如果你想让我帮你照看 Neil。"

……

时懿确实醉了，懒懒地蜷在沙发里等着林淮南，熏人的醉意将清醒的意识麻痹不少，好在她喝得不多，只是抿了两口，变成了眼前这副醉美人的姿态。

一抬眼，便看到一个熟悉的身影朝她走来。

是林淮南，是 King。

她第一次知晓男人的英文名时，只觉得隐隐有些被打败，为什么他会取一个这般霸气的名字。

King，国王！

可后来，他让她明白了，原来这世上，真的有人是可以与之般配的。

林淮南没有说话，将她的身子抱到他怀里，接着两人一同陷进沙发深处。林淮南只是直直地抬眼看着她，眼底的深沉让她有一种错觉，仿佛她已对他欠下整整一个前世今生。

人不醉，花自醉。

时懿是花，醉得美艳绝伦，眼底氤氲着一层晶亮的雾气，脸颊处的红晕缓缓加深。

"纽约，你去纽约干吗？"林淮南手指捏住她精致的下巴，脸色愠怒，阴沉的眸子晦暗难测。

时懿眉头深深皱起，因酒精的关系而微微红肿的嘴巴吐出一个字："疼，King。"

该死的！

女人湿漉漉的眸子水润得不像话，像是被泉水洗涤过般清澈干净，尤其是眼底那丝分明的委屈，更是让林淮南心动得不像话。

这样的时懿，他又怎么是对手？

下巴被松开，时懿还没来得及揉揉，男人忽然又欺下来，咬上她的嘴巴，长驱直入，不给时懿一丝退让的余地。

身上的衣服不知什么时候被褪下，时懿脑子晕得跟糨糊一般，醉眼蒙眬，什么都看不清楚，勉强睁眼望去，时懿只觉得看什么东西都带着一层水光，看不真切。

"小蝎子，告诉我，去纽约做什么？"

空虚，大片的空虚如蚀骨般钻她的心脏，身体被林淮南熟稔地撩拨起来。

时懿的理智稍稍归位，可心底愈发难耐，对于他这么阴损的一招，不由愤恨地咬上了他的肩膀："我最讨厌你了！"

　　林淮南沉沉地笑了笑，声音夹着笑意："是，你最喜欢我了。"

　　时懿听了这话，只觉得哪里怪怪的，可那人不容她多想，继续轻揉慢捻地把玩着她小巧的耳垂。

　　林淮南的嗓音因深沉的欲望而沙哑不堪，里头的隐忍和自制已然令他额头青筋突突跳着。

　　时懿慢吞吞地想了想，双手勾住他的脖颈，贴上他滚烫的胸膛："我能干什么去？我不过就是去那边工作一阵子。"

　　"……多久？"林淮南微微无语，一颗不安的心回到胸膛里。

　　"很快。"

　　时懿难受地扭动着身子，眼底早已漆黑幽暗。林淮南低头亲了亲她光洁的额头，将她抱住。

　　恰逢临别，林淮南有些微微失控，不断给时懿身上留下深浅不一的痕迹。

　　女人在他的怀里，闭着眼睛，呼吸均匀，几乎让林淮南有一种错觉，仿佛他们这样早已多年，耳鬓厮磨，相濡以沫。

　　一点左右，林淮南将时懿抱进浴室为她清理下身子，换上一件干净的裙子。见人似乎还有没睡醒的迹象，眼底深了深。

　　尝过了她的美好，真的不想这么轻易将她从自己的身边放开……

　　时懿是在慕千寻似笑非笑的眼神下醒来的，环视四周，身子僵住："登机了？"

　　大概是从没看过这么惊慌失措的时懿，慕千寻挑了下眉，闭口不言："嗯。"

　　"林淮南给外界的印象，无外乎冷漠、不近女色，没想到他对你倒是热情似火。"手指指向时懿的胳膊，啧啧道，"瞧你身上的草莓，一时半会儿还消不下去，拍摄的时候得要打不少粉。"

　　时懿脸皮薄，哪里禁得起慕千寻这般戏谑，当下红了脸，眼神无处安放。

对于林淮南的所作所为，她试图回忆一番，最终却是无果。

下了飞机，入驻酒店，时懿真就忙了起来。

结束掉美国纽约这边的拍摄，她还要飞往不同的地区、国家辗转拍摄。晚上一个人住在酒店里，和林淮南通电话，通着通着，就睡着了。

大半个月，她大部分的时间都飞在天上，对于找出诬蔑自己的人，便由小狮子全权处理。

拍摄好DIOR香水广告代言后，慕千寻总算给她腾出一天时间好好休息。

她心底清楚，时懿是多么懒的人，但她还是一个极其善良敏锐的人。

她之前做出来的熬夜加班、不知疲倦的工作态度，只是为了让她能有一些愧疚，继而无法继续自己安排的行程。

显然，她成功了！

去酒店泡了个澡，时懿只想趴在软绵绵的大床上，哪里也不想去，就想这么一直睡下去。

醒来的时候，华灯初上，窗外满城灯火通明，仿佛一幅静止的华丽风景画。时懿坐在床边，望着阑珊的灯火，怔怔发呆。

手机就在此刻响了起来，时懿恍惚地拿起，按下接听键："喂。"声音还带着刚睡醒的嘶哑。

"Lisa，我在你酒店楼下的喷泉旁。"

……

这世上有的男人，是从出生就是被上天眷顾的，单凭姿色便可扰人心神。

眼前的男人，就是如此。

身后橘黄色的灯光好似都被这个男人吸了过去，否则为何独独他所在的地方最为璀璨，可他整个人却如同大片的阴影，薄情中透着邪气，气质不明。

钟梵。

他竟然来了。

时懿闲步踱到他的身边，沿着水池边缘坐了下来："你怎么知道我住在这家酒店？"

钟梵唇角微翘，像是在笑，却透出一种薄凉："这世上，有什么是钱办不到的？"

时懿细细品了下，没有说话。

月色朦胧，喷泉在闪烁的霓虹灯下起起落落，炫丽得不像话。

"Lisa，出来这么久了，想回英国吗？"

想吗？

她好像，真的没有想过。

"你呢，想回去吗？"时懿将问题踢了回去。

"现在，挺好的。"他脸上的表情刹那妖艳入骨。

……

"Lisa，玩一个游戏吧。"钟梵轻柔的嗓音像是在调情，又像是威胁，不容时懿说不。

时懿倒没怎么将他的这个表情放在心上。

"一个问答游戏，如果你是选择题里的人物，你会怎么做。"

时懿偏头，挑眉看了他一眼："好。"

钟梵敛了敛神色，性感迷人的声线在如墨的夜色里缓缓晕染开。

"架空时代，大夜国濒临城破，危在旦夕。国主膝下两位双生公主，你是其一。"

"生死面前，你有以下四个选择。第一，城破投敌，忍辱委身年轻君王。第二，从城墙上纵身跃下，粉身碎骨。第三，化作普通宫女蛰伏到敌军之中。"

时懿目光闪了闪："……三。"她不想那么快死。

"你化为宫女，却不曾想卓然的气质同时被三位大玥国地位显赫的君王才子相中，你会选择跟谁走？"

"一、大玥国君王，妖孽腹黑。二、君王的弟弟锦王爷，体弱多病。三、大玥国的丞相叶离先生，腹黑深沉。"

"三吧。"

钟梵意味深长地瞧了她一眼，娓娓继续道："跟随叶离回府，你发现他竟是谋划攻打大夜国的主谋，你是否想要取他性命？"

"取！"轻轻地，掷地有声。

国破家亡，怎能不取。

"想要动手之际，你发现你爱上他了，这时你又该如何？"

"我——"

时懿顿了顿，良久，才用极其喑哑的嗓音缓缓道："那又怎么样呢？"

毕竟血海深仇。

时懿轻言细语，极是温柔的语气，却字字危险："取吧。"

"叶离死了，你被擒入狱，君上提审，看中你的美貌，你还是有三种选择。一、撞墙自尽。二、委身于他，伺机刺杀。三、毁容周旋。"

"……三。"

"钟梵，你到底想知道些什么？"聪明如时懿，自然察觉出了其中的名堂。

钟梵挑眉，眼神凌厉："Lisa，难道你不想知道自己最后选择的结果？"

"无论我怎么选择，都无法回避即将死去的命运。那没有意思，钟梵。"

"可 Lisa，有一位公主和你的选择如出一辙。"钟梵笑得肆意。

"你说的，只是几道选择题。"怔怔望了他好一会儿，时懿有些无奈。

钟梵笑了，弯下身拿起脚下的背包，取出一本装订好的纸张，递到她的面前："这是之前给过你一次的剧本。"

……

事情就是这样的，一步步走下去已没有反抗的余地。

时懿晦暗的眼神落在钟梵妖艳的脸上，又流连于他手中的剧本上。

很多事情，现实如何，故事如何，已然不是最重要的。

最重要的，是现实同故事如何契合。

"可我……不会演戏。"问出了最深的忧虑。

"Lisa，没人会比你演得更好。"她生来，就像是为了那个角色存在。

而他，不过推波助澜一把："你只需要将你自己以另一种手法展现在镜头下就可以。"

时懿眉头皱了皱，思索良久，松了口："好，我演。"

优柔寡断，不是她的作风。

在喷泉旁坐了一会儿，时懿才翻看剧本，只消一眼，便确确实实喜欢上了她所要饰演的角色。

"我第一次给你的剧本，你扔哪儿去了？"心想事成，钟梵眉梢含情，笑得倾国倾城。

时懿仔细想了想，未得结果，如实道："忘了。"

果然。

男人一副了然的神情，看得时懿只觉得一阵好笑。

"不早了，我送你回去。"抬手看了眼时间，钟梵表情淡淡。

"嗯。"时懿微微抬了抬眼望向远处，眉心皱起。她看到一个熟悉无比的男人。

男人长身玉立，修长的影子被灯光拉得很长、很长，面部表情隐在大片的阴影里，晦暗深沉。

是King！

夜风里，男人全身上下的线条都是硬的，没有半点儿柔软。他走向她，一步一步，带着一种赶尽杀绝的杀意。

"接我的人来了。"时懿脸上仍旧有笑，眼神却暗了不少。

"你想让我留下吗？"

只消她的一个眼神、一句话，他可以就此开启他万劫不复的疯狂，只为了她的一个低眉浅笑，一句温柔软语。

"不用的。"时懿摇了摇头，目光一直望着眼前一步一步走来的男人。

……

时懿被林淮南弄得连呼吸都很困难。他抱紧她，一点儿空隙都不留，双手用力把她按向胸口，简直像是要把她给揉碎进去。

"King！"

时懿任由他搂着，独自吞下他给的疼痛，男人的手指几乎要陷入她腰间的细肉里，她只能慢慢地一遍又一遍地唤着他。

"King！"隐忍的语气像是一盆冰水从林淮南的头顶浇了下来，透彻心扉，缓缓松开了对她的禁锢。

"他同你说了什么？"暗沉的视线落在女人手里白晃晃的剧本上。林淮南几乎一眼就认出来，那是上次他藏起来的剧本，钟梵给她的剧本！

"我答应参演他的一个电影。"时懿不太理解他为何而来的怨气，只觉得心头隐隐有些委屈，可一旦看到林淮南又很快消匿无踪。

她，变得很不像她自己！

她从来都是斤斤计较的一个人，从来都能将自己的情绪掩饰得滴水不漏，从来都不愿无端吃了其他的亏。

可眼前的人，总是能叫她没了脾气。

"推掉！"男人神色阴鸷，浑身散发着幽冷的气息，"签约也没关系，所有赔偿由我承担。"

"……我不！"沉默了良久，时懿固执地抬头，直直地看着他，"King，这并非是一个男权时代。我不会接受你的无理取闹！"

无理取闹？

林淮南显然气坏了，像是发了狠，低头看到她的唇就是深吻，动作粗暴，没有丝毫温柔。

是不是他做什么，在这个狠心的女人眼里，都无关感情，只是他的无理取闹？

这太糟糕了！

糟糕到差点儿让他生了一种直接摧毁的报复感！

时懿抵死咬牙，撑下了这一个漫长累人的亲吻。与其说是亲吻，倒不如说是撕咬。

两只蝎子，死守底线。

"说，你会拒绝。"

男人撩人的声线魅惑诱人，像是毒蛇引诱夏娃那般声情并茂，暗沉无比的双眼沉得倒不出任何风景，甚至是她！

"不，King！"

他该了解她的！

她既然答应了别人，定然是经过深思熟虑的，不会轻易妥协。

"你为什么发脾气？"她还真是一个失败的妻子！

喜欢一个人那么久了，嫁给一个人那么久了，可她还是无法懂他！

他到底在生什么气？！

她已经说了，她和钟梵是清白的。

"小蝎子，"林淮南咬字极轻，却又极为危险，"我在吃醋，你让我吃醋，吃钟梵的醋！"

"……我和他，只是朋友。"时懿被他的这三个断句给整蒙了，大脑慢慢放空。

她，可不可以理解，他其实是在乎她的！

"我答应他参演，只是因为那个角色，我很喜欢。"这个认知，让她有些欢喜。

"他未必是这般看你的。"林淮南的脸色仍旧阴沉，好在，比之前好看不少。

"你吃醋，是在乎我？"时懿直直看向他，呼吸跟着放缓渐无。

林淮南没说话，低头重重吻下。

这一晚，林淮南格外努力，像是要将她镶嵌到灵魂深处。他分明也只有她一个女人，可他的技巧层出不穷，折腾得时懿欲罢不能，饶是再强的自制力，在这个男人面前也会崩溃。

好几个瞬间，时懿几乎觉得自己快要疯了，但男人却打定了主意不愿就此放开她。

时懿难得妥协了。

天堂、地狱，有他的在乎就够了，有他就行了！现在让她放弃他，才是最让她难受的！

"King。"

"嗯。"男人低头亲吻着她漂亮精致的锁骨。

"我们生个孩子吧。"

"……好。"

慕千寻给她的一天假期，时懿都用来和林淮南泡在房间里耳鬓厮磨，就连吃饭，也是林淮南等时懿去浴室洗澡，中途叫服务员送到门口。

时懿身子泡在热水里，漂浮着的白色泡沫若隐若现地勾勒出她曼妙的身材，白皙的脸颊此刻被热气氤氲镀上一层殷红，美眸微垂，长睫如蝶般投下淡淡的阴影。

昨晚，自她在林淮南耳际说了那句话后，林淮南愈发火热，更是发了狠似的对她。

想到这里，时懿脸颊灼灼地烧了起来，下意识地摸了摸自己光滑的肚皮，或许，这里很快就会添一个新生命。

慢悠悠从浴室出来，林淮南早已穿戴整齐，端坐在高椅上低头看着什么东西。

时懿穿着粉色真丝短裙，擦着湿漉漉的头发走了过去，只一眼，脚步微微顿住："红色的台词，是我的。"

"嗯。"男人不轻不重地应着，神色淡得很。

时懿不太想同他谈他会不开心的事，但剧本在他手里，她若是现在要了过来，只会欲盖弥彰。

正巧，她手上的指甲膜因为泡澡时间过久，微微有些脱落，便打算坐到床上将手上的指甲膜处理掉。

"去哪里？"男人大掌从后面环上时懿的腰，手劲一收，时懿身子重重跌入到他的怀里。

一抬头，对上男人坚毅的下巴，只觉得呼吸都乱了。

"指甲膜，坏了。"呆呆地举起自己的指甲，林淮南倒也不看，目光仍旧停留在她的脸上，却腾出一只手来，握住她的手，放到唇瓣上细细咬着，"我来替你修。"

"啊——"

时懿脸热了热，突然又回想到昨晚，一时情动，却不知如何自处，能做的便只是死死抓住男人的胳膊、后背。

她的指甲偏长，那会儿她整个人都没了理智，脑子里想的便是抓着他，抓着他。

这一抓，便抓出了九阴白骨爪。

男人吃痛，眉头皱得死死的，却笑着道："明天，我替你剪指甲。"

她当时沉沉浮浮，只记个大概。

如今，被他这么一说，完全想了起来。

林淮南手里的剧本滑落在地毯上，单手稳稳托住时懿的臀部，调整了一个舒服的姿势，掰着她的手指一个一个地看着。

"要指甲钳呢。"难不成，他直接啃她的指甲？

"留着吧。"她的手指很漂亮，指甲也是。

"嗯。"

落地窗前的太阳还算和煦，室内开着冷气，只觉得一室舒适，暖到骨子里去了。

"钟梵眼光不错。"没由来地，男人突然开口，还提到了钟梵。

时懿垂了垂眉眼："他眼光不错，我是知道的。你呢，又是怎么知道的？"

林淮南视线落在了别处："你猜？"

……

若眼光不好，如何帮她挑了一个连他都无法抗拒的角色，如何将一门心思放在她的身上。

还好，怀里的人并不知道！

林淮南从口袋里掏出一个暗红色的长方形盒子，打开，里面静静躺着一条银白色的项链。

区别一般的，是坠子。

时懿略显困惑地将坠子放到手心里细细看了看，心底有些丧气，她竟看不懂坠子上的图形，就觉得有点像……蝎子。

"送我的？"

"嗯。"

男人眉眼如画，拿起项链替她戴在脖子上。

"坠子上的是蝎子？"

还有，为什么老是叫她小蝎子？

林淮南闻言笑了，身子骤然伏低，抬起她的下巴，黑眸竟然极为认真："是蝎子没错。"

似看穿了她眼底的困惑，男人继续道："你十一月二十二日生日，天蝎座。"

一只不折不扣的小蝎子。

"你呢？"他真的对星座学感兴趣呀。

"我也是一只蝎子。"林淮南从自己的衬衫内翻出一条链子，比她手里的粗，她看得分明，上面的图形和她的这条一模一样。

他的生日，十月二十四日。

"你怎么会信星座呢？"时懿没忍住，垂着睫毛喃喃道。

林淮南笑了笑，嗓音温软如水："为什么不能信呢？"

星座书上说他和她之间千丝万缕的关联，让他知道他们是多么相似、多么骄傲的人，也是因为天蝎座，让他知道了每位女性天蝎座，都有自己心底的一个天下第一。

她们性感却不自知，敏感却倔强，生命的意义在她们身上是何其复杂而又饱含深意。

"好吧。"时懿抬眸看着他。

他信的东西，她跟着信了便是！

林淮南不能在此久留，下午便要赶回中国，处理一个上亿的案子。

时懿什么也没说，跟他一同去了机场，一路上没有说太多话，只是将他需要的一些东西备好，以备不时之需。

拥抱、亲吻、告别。

彼此心底都清楚，这只是一场简单的分离。很快，一个转身，他们就会相遇、相见。

真好。

时懿望着缓缓滑行的飞机，手指摸向胸前的那只蝎子，嘴角上扬。


星巴克里的空调一向都是白浅浅吐槽的。

这里的空调要么大热天不开，活活热死人；要么就是使劲儿开，在空调底下坐半分钟，整个人只觉得快要冻成冰棍！

可她也不知道自己为什么老是欠抽地往星巴克里跑，尤其还是第一次和时师碰面的那间星巴克。

一个人，别的也不点，就一杯清咖，什么也不加，偶尔身边带着一本书，在里头装淑女。

最近，她鲜少发表关于时懿的帖子，总是评论些其他东西，发发星座的趋势。

没错，她的微博，是橙色大V，一个牛逼哄哄的存在。

她表姐安娜，她也知道，有点儿虚荣心。但人无完人，要她相信安娜是个满嘴谎言的骗子，时师的话委实还没有那么大的分量。

默默喝了一杯清咖，白浅浅兴致缺缺地走出了星巴克，她到底在期待些什么呀！

直男癌的男生，最是不能交往的。

于是，这类帖子，成了她最近在网络上不停转发的新方向。鬼知道她想证明些什么！

"No Lily!"（不要百合花）地道标准的英式英文吐字清晰，白浅浅无聊地望了一眼，呼吸微微一窒。

她在星巴克等了他无数次，他竟然就在星巴克外面的花亭处？

"My sister is allergic to Lily."

时懿，对百合过敏？

看来他对他姐真的很上心！

这家花店，她也曾来过。卖花的店主是一位英国人，只会讲些简单的中文，如果买花的人想要和店主多聊会儿，就只能说英文了。

店主想了一会儿，又给时师递过去一盆菊花，时师仍是不大满意。

白浅浅笑了笑，双手背在身后蹦跳着走过来，拿肩膀碰了一下时师："我知道你姐配什么花好看。"

小狮子正在郁闷中，见是她也只是鼻子哼了一下："什么花？"

　　"你姐是天蝎座嘛。"当初她在网上简单查了一下时懿的出生月份，知道她是天蝎座。

　　天蝎座，善妒、精力旺盛、占有欲极强，很容易做出一些偏激的事情。自然地，对着她家表姐的话，从三分信到了七分。

　　"是天蝎。"小狮子挑了下眉，不知道她葫芦里卖的什么药。

　　"天蝎座的幸运花，是蔷薇。"

　　……

　　老板从里屋取来一盆蓝紫色蔷薇，隐隐透出的深邃和神秘感，让小狮子眼前一亮。

　　付了钱，小狮子抱着花盆沿着人行道大步走着。白浅浅属于娇俏型的，说白了就是人矮腿短，小狮子的一步她需要跨三步才能抵得上。

　　白浅浅咬了咬牙，铆足了劲儿冲到他的前面，将他拦下："我帮了你，你连声'谢谢'都不说吗？"

　　"你诬蔑我姐，又怎么说？"似想起了什么，时师纳闷儿地问道，"你在网络上，怎么有那么大批脑残粉追随？"

　　白浅浅讪讪地挑了下眉："那个，我是微博大 V 啊！"

　　"你的微博账号，现在不也涨粉了吗？"粉丝就是这样一个奇特的存在。

　　"哦？微博大 V，你既不是明星，也不是模特，看打扮也不是什么富家女，你做了什么积攒那么多粉丝？"时师的话有些难听，尤其是后半句，完全沾染上了个人色彩，很是刺耳。

　　白浅浅鼓着腮帮子瞪着他："你少诬蔑人了！"

　　"我从高中就在微博上发表星座推论，微博签约自媒体，网站粉丝202万，你管得着吗？"

　　"你也知道被人诬蔑不好受！"可惜，不好意思，他姐的这笔账，他是一定要从她身上讨回来的！

时师抬脚绕过她。

白浅浅懊恼地跺了跺脚，冲着他远去的背影喊道："时师，如果有证据证明，我真做错了，我会在微博上公开承认，替你姐洗清冤屈！"

时师脚步顿住。

白浅浅见有效，略略松了口气，继续道："哪怕她是我表姐，我也不会偏袒她。"

时师转头，瘆瘆地看着她，她那个表姐，的确嫌疑很大！

白浅浅被他的眼神看得额头冒出细汗，握成拳状的手紧了紧。

"好。"这是一个他无论怎样都不会吃亏的买卖。

时懿同慕千寻说她接了一个影视角色，慕千寻脸色有些难看，却还是点头应了下来，没多说什么。

她虽然巴不得时懿多方面发展，尤其是影视这块，但前提是，这一切都是经过她的手。

时懿私下里接活，传出去，打的是她的脸。

好在，她还能压抑得住燃烧的愤怒。

她不能同时懿闹翻，一旦闹翻，就时懿的脾气而言，来硬的她只会比你更硬，只得使用一些阴损的软招慢慢软化她。

# 第四章

时间如流水般逝去，九月份的天气渐渐凉了下来。

林淮南公寓。

林淮南领着小狮子在厨房里忙活。

"姐夫，你还会做饭？"

直到林淮南将一道地道的糖醋排骨放在光滑的大理石上，小狮子的狮眼仍是不可置信。

林淮南淡淡扫了他一眼："嗯。"

时懿的胃口比旁人来得挑，身为模特又必须时刻控制自己的饮食，平日里一般除了水果吃得多点儿，主食偏于鸡肉。

她不是那种易发胖的体质，相较于其他模特极度严苛的饮食，她不大用得着，但她却是实实在在地不想吃。他舍不得她，最后只好亲手为她烹制饭菜。

西餐，她一向不大感兴趣，因此他一般下厨都会挑中式菜谱去做。

"唉，姐夫，"小狮子突然又触景伤情，眼睛红了起来，"我姐回来了。"他已经向学校请了假，不得不离开回英国了。

林淮南顺了顺他的头发，唇角漾着一抹浅浅的笑意："寒假也可以回来。"

骗人！

小狮子哼哼唧唧，姐夫才不想要一个灯泡在一边呢！

时懿的飞机，晚间八点到达，开车到公寓半个小时。

　　林淮南看了眼手表，七点四十分："抓紧些，如果你不想让你姐饿肚子的话。"

　　……

　　下了飞机，时懿闭目躺在后座上休养，最后一天的行程，也是安排得满满的。许久没有见到她家的小弟，还有……林淮南了。

　　"时懿，这儿离我家近，我打车回去，"慕千寻神色焦虑地看了一眼外头，语气微乱，"我现在有些急事，就不送你回去了。"

　　"好。"时懿偏头应道。

　　慕千寻在模特圈混迹多年，多多少少有一些流言，那些流言也曾传入到她的耳中。那时，她以为仅仅是流言。

　　夏末的晚上，天凉如水，时懿让老师傅送到小区门口，自己徒步走回去。这一晚月光很美，时懿静静走在小区的路上，看到月光洒满一地，清冷、干净，叫她内心也跟着安静下来。

　　人静下来，过去的时光总浮现在眼前。

　　近来，她总是很想他，一歇下来就会想他。

　　他总是很轻易地，让她变得不像自己！

　　时懿微微叹了口气，嘴角不自觉地上扬，习惯性地摸向胸前天蝎座项链。

　　白浅浅粉唇噘得老高，像一只可怜的狗狗般半蹲在地上，心底暗暗将小狮子骂了好些通。

　　不过就是口误又说了他姐的坏话，没想到他直接翻脸，一个人回了公寓。她连进这个小区都是死皮赖脸蹭着进来的，没门卡，只能傻兮兮地守在这里。

　　"哎，小姐，我能跟你一起进去吗？"好不容易逮到一个人来，白浅浅眼前一亮，猛地跳起来，拉着那人的衣角。

　　时懿顿了顿，面无表情地看了过去。

"啊——"

白浅浅瞳孔猛地放大，粉唇微启，拉着时懿的手指也跟着僵硬，石化在原地："你、你是时懿？"

时懿点了点头。

"那个，我是来找你家小狮子的。"挠了挠头发，白浅浅讪讪道。

……

漂亮！除了漂亮，还是漂亮！

白浅浅跟在时懿身旁，只觉得自己像个毛没长全的丑小鸭，又像是大街上遍地都是的土包子。

时懿本身比电视上还要有气质！

不得不承认，这样的她，的确不是她家表姐能比的。

时懿话不是很多，无端端地让人觉得不是很平易近人，但倘若真是那样，她刚才也不会点头答应带她回来。

"你就不问问，我和他……是什么关系吗？"白浅浅小心翼翼地问道。

时懿淡淡地望着她："你不是他的女朋友。"

白浅浅噎住了。

要不要这么真相啊！

到了公寓门口，时懿在门口磨磨蹭蹭找着钥匙，白浅浅瞪着乌黑的圆溜溜的眸子望着她。

忽然，房门开启，一只修长的男性右手一把紧握住她的左肩，以极快的速度拉时懿进门，巨大的关门声从她身后传来，再睁眼时，时懿整个人已被他罩住。

将她圈死在角落里，林淮南居高临下地堵住她。

"八点五十五。"

明知道他在等她，她也永远不会以一种急匆匆的姿态出现在他眼前。不紧不慢，平静无波，甚至还有闲情逸致站在门口慢慢掏钥匙。

"小蝎子，你晚了二十五分钟。"

时懿微微语塞，她从来都不知他对时间会有这么精确的把握。

登飞机前，他发给自己一条短信，短信上只是淡淡提了一句，八点三十分可以到家。

她未曾放在心上，甚至还一度放缓了回来的节奏。

"嗯，我迟到了，所以呢？"

坦坦荡荡地望进男人漆黑的眸子，他打算怎么惩罚她呢？

林淮南似发狠般地咬上了她的肩膀，力道却是轻柔的，话里的阴霾退了不少："总归是有办法惩罚你的。"

时懿小脸红了红，莫名回想到他们在纽约饭店的那个夜晚。

他口里的惩罚，多少还是让她压力山大，而且还会很费体力！

林淮南大手滑至时懿的腰间，作势揽她进去。

"等等，门外有客人。"

时懿想拿掉他的手，男人却不肯松开，力道反倒重了几分："是小弟的朋友。"

男人哼哼唧唧松了开来。

直到走进去，白浅浅还没从刚才的震惊中缓过神儿来。那速度、那力道、那热情，她就晃了两眼，时懿就从她的眼前消失了！

然后，大门"砰"的关上。

她就这么被关在了门外！

小狮子将前几天买的那盆蔷薇显摆似的摆在了餐厅的桌子上，姐夫对姐向来霸道专横，就连他给他老姐买的小玩意儿，也都只能沦落到睡客厅的地步。

斜眼看了眼有些局促的白浅浅，小狮子脸色沉了下来："你怎么来了？"

白浅浅讪讪地咬着下唇，只觉得他的视线过于灼热和疏离。

　　好在，小狮子骨子里还是极具绅士风度，没有拆穿白浅浅的身份，睁一只眼闭一只眼随她留下一同吃饭，只是脸色总归不太好。

　　长长的餐桌，美丽的烛火，分明的西餐布局，却有致地摆满中式的菜肴，荤菜两盘，其他的净是素的，汤也是地道的酒酿小圆子，上面浮着些许可爱的枸杞子。

　　中国人向来都是餐桌上看人品的，白浅浅也是一个俗人，自然通晓这些道理。

　　可时懿、林淮南甚至是时师，无论是夹菜，还是喝汤，都是细致得不能再细致，根本就没有一丝声音，各自吃着自己碗里的东西。

　　时懿吃得不多，林淮南时不时夹一些黄瓜丝、木耳到她的碗里。没有交流，眼前的男人分明连眼神都是霸道的，她却觉出丝丝的甜意来。

　　这样的两个人，还不是夫妻的话，那么她想，这个世界上大概再也找不出一对情投意合的来了。

　　不过，这么高难度的吃饭，对于她这个乡野鄙人来说，哪里是吃饭啊，简直就是一场折磨。

　　使用了这么多个年头的筷子，竟还没有时师拿得那么潇洒、方便。

　　最叫她难受的，是吃饭不能说话！

　　好不容易挨过了一场刑杀，小狮子主动承担了洗碗的重任，将二楼交给了时懿和林淮南。

　　"你会洗碗？"白浅浅像是看见新大陆似的，满眼神奇。

　　小狮子哼道："你不会？"他五六岁就得洗碗赚些零钱。

　　"我、我当然会啦！"生怕小狮子不相信，白浅浅夺过他手里的碗还有布亲自示范，"我就是好奇，你这样的大男子主义也会亲自动手，做女人的活。"

　　"你们女人就是奇怪！"

　　小狮子冷眼看向她："整天嘴里嚷嚷着要什么主权主权的，但是一旦真正哪个人做了什么主权的事，也是你们自己带头骂得最凶！"

"……你这话是什么意思？"白浅浅被他说得有些蒙，停下手里的活，呆呆地看着他。

"我看过一条微博，有一个女艺人第三次结婚，微博下方一片骂声，大部分是以女性为主。"

"这点，我不能接受。"

小狮子表情淡了下来，整个人似乎也变得有些模糊起来："你们可以接受一个男的朝三暮四甚至出轨，怎么就那么难以接受一个女人二婚？"

白浅浅答不上来，继续默默洗着水池里的碗筷，只觉得心里头堵得慌慌的。

她的直觉告诉她，或许，她是真的做错了！

尽管到现在，她同小狮子也没有从她表姐那里发现什么证据！

男人大手在时懿身上游离，很快解开她身上的浴袍，露出雪白的身躯，身下是冰冷的平台，男人此刻便压在她上方。

看着身下女人满眼迷醉微红的脸，仿佛白色的小猫，任由他摆弄占有。林淮南声音哑了几分，按住她的双手，从额头一路吻下来，她的身体在他的唇舌间战栗，温柔难耐。

"推掉国外工作，我旗下公司的资源你看中的，随时可以拿走。"男人手指滑过她绯红的脸，掷地有声。

时懿正意乱情迷，听清这话瞬间从情欲中抽身而出："King！"

望上男人亮得惊人的黑眸，时懿知晓他的决心，一股力不从心深深钻了出来。

"那不可能！我从小到大的教育告诉我，人是独立的存在，是个体。即便是最亲密的人，也无法强制限定她的自由。"

林淮南脸上浮现漫不经心的笑意："小蝎子，刚才不是商量，是命令。"

他受够了和她分别的日子，那样漫长地、毫无止境地等待一个人的滋味，像极了古代人的一个词"独守空房"。

他对她不能想抱就抱，不能想搂就搂，甚至连见上一面都成了奢侈。尽管可以视频通话，可他连她的呼吸都感受不到，那种感觉，糟糕得要命！

时懿的性格算不上多好，懂得她的、不懂她的皆会轻易被她所伤，包括她自己。

沉默寡欢，换来的是旁人以为的高冷。

可她骨子里的那份固执，委实自伤。

前一刻的花前月下，到现在的相对无言。

"那晚，你答应给我生孩子的。"男人摊出了最后一张底牌。

可天知道，他这句话在时懿耳中已然变质。

时懿突然难过起来，有些口不择言："你既然那么想要一个孩子，你可以和别人去生。"

她的语气还是那么不紧不慢，真实得就像是说得是真的一样！

林淮南双眼沉了下来，眉眼结冰，死死地盯着她，企图从时懿那张面无表情的脸上找出一丝的痕迹！

可惜，没有！

没有也没有！

下一秒钟，时懿的右手就被男人死死抓住。

林淮南的声音冰得没有一丝温度："你说的，可是真的？"

时懿眉毛一挑，语气也全然泛着寒意："真的！"

……

两人没了兴致，开始冷战。好在两人，都是定力、自制力过硬的，人身攻击和家暴那些缺德的事儿，自然是绝不会发生的。

只是，冷暴力便不可避免地成了主旋律。

说实话，这种自我发泄的开解方式，是很自伤的。如果为之神伤的人看不懂、参不透，那无疑是在自虐，精神上的自伤，远重于身体。

时懿这边重新拿出自己的画本和铅笔蜷在飘窗台上，睁着眼与大片大片的黑暗做着抵抗，画好一页翻过去，重新勾勒。

一遍一遍，画着餐桌上那盆蓝紫色蔷薇。

第一眼见到时，她心底有微微涩意。

一度，她将蔷薇在自己记忆之中封锁，怕触景伤情，睹物思人。后来，又觉出些许不一样来，毕竟在蔷薇绽放的日子里，她曾是那样那样地喜欢过一个人。

相反，林淮南就不喜做这么累人的活儿。

想起自己在网上订购的一本书，有关星座，有关天蝎，他便单单买了一本十二星座之一的天蝎系列。

《十二星座之天蝎座的那些不为人知小秘密》，作者：qiqi 小白

够蠢萌的作者名，还有够长的书名！

林淮南漫不经心扫了几眼，视线很快被锁在了上面。

白浅浅这些天，很是偷偷摸摸。

她和时师也曾循着天涯上诬蔑时懿的帖子追查蛛丝马迹，也曾一路跟踪安娜，但效果甚微，还差一点儿被她给察觉。

是以，她只好顶着"被老妈扫地出门"的丧气搬到安娜的公寓。可惜，安娜平日里就是敷敷面膜、买买衣服、换换男友，也没什么不同。

"我去，停水了！"白浅浅一脸懵，拿起一旁的白色浴巾裹好，顶着满头的泡沫无比郁闷地走了出去。

"唉，我那表妹最近也不知道中了什么邪了，以往将时懿往死里喷，现在就是我说得唾沫都干了，她还是不发一篇帖子！"

"你怎么说话呢？我干着急能有用吗？她那个微博粉丝可比我还要多，我眼红能怎么样？最近她还明目张胆地住到我家里来了。"

"什么啊，是被她妈给赶出来的！就她那衰样，要不是还有点儿利用价值，你以为我会让她进这个家门来啊！"

"那时懿现在风头正盛,国内外的大牌子都请她去代言,我看我们啊,还是早点儿钓个有钱的早早嫁了才是硬道理。"

"哪天,要是被她老公知道了我们几个联起手来诬蔑她,我算是没脸在这个圈子里混下去了。早知道当初就对着巨蟒眼睛多拍几张,让它直接将她缠死得了!"

门虚掩着,安娜的声音连同话里的狠厉清清楚楚地飘入白浅浅的耳朵里。

当下,白浅浅红了眼。

她从未想过,她的表姐,竟是这么残忍暴力的人!

若非……她亲耳听到,她真的不敢相信!

"没事,她人在洗澡,一时半会儿出不来。"

……

小狮子,果然,是我对不起你!

当晚,白浅浅将自己的微博名修改回去。

当晚,因为 qiqi 小白微博大 V 的一个帖子,引起轩然大波。

帖子正文如下:

亲们,由于轻易听信表姐@安娜的一面之词,发表有关@时懿帖子里给她本人造成伤害的不实言论,qiqi 小白在此表示深深的歉意。另外,同时也要对@时家的骄横小狮子说声,你是个很好的弟弟! 小白自知自己这次大错特错,煽动真心爱护小白的粉丝,难辞其咎。因此,决心关闭微博,还大家一个干净的网络世界!

白浅浅含泪发完这个声情并茂的帖子,哭成了个泪人儿。

奈何,这帖子的信息量实在是庞大,网友关注度激增,一度上了热搜。

跟我重名你就死定了:惊天大逆转啊,【撒花】我就说嘛,时懿那么一个小姑娘,骨子里那么清透……

甜心格格 ing：呜呜，小白不要走啊！【难过】没你的日子，就没了星座指航，你是被你表姐蒙了心，不干你的事啊！

打小就帅的欣哥：安娜，我认识啊，原名叫白雪，改名了【抠鼻】以前就是个太美，可你们就喜欢、就喜欢，我也是很惆怅啊！

所谓的，墙倒众人推，就是这么个场景了！

一夜之间，安娜辛苦在模特界积攒的人气和信誉，悉数覆灭。

要知道，咱网民里不乏黑客、意志力坚韧的群众，顺着白雪的线索，真的扒到了不少有关安娜的黑历史，陪酒、欺负新人，以及成名前在微博上爆粗口。

尽管有些人怀疑 qiqi 小白被人给收买了，但立马被声讨安娜的声音给压下来，无疾而终。

这就是这个世界！

诬蔑你的，不相信你的，最终会在时间下水落石出，回到最初原本的模样！

好在，时懿等的时间不是很长，身边一直都有深信她的人。

临别前，小狮子一声不吭地收拾着自己的行李。他本就粗神经，只当老姐和姐夫因为他的离别伤感，都不太想说话。

这事，委实想得自恋了些。

小狮子对外就是一头激进的狮子，见谁也不放在眼里；对内，就是一只温驯可人的巨犬；对林淮南，他是由衷折服，是男人同男人之间的敬重。

可对于时懿的温顺，那绝对是多年的欺压积累下来的。

"Neil。"

时懿蹲下身子，将小狮子随意塞进箱子里的衣服一一叠好摆了进去："我一直都想问你一件事。"

小狮子眼睛微微发红："什么事？"

"你小时候为什么撕掉我的那张全家福？"

Neil的搞破坏从来都是有限度的，她的那些画纸他以前可从没下过手。

小狮子坐在床边，想了想，颇为郁闷地摸了摸鼻子，有些不好意思："还不是姐你那会儿心里没我嘛！"

蹲了半天，腿有些酸，时懿坐在地上："你从哪里察觉出来的？"

小狮子默然，虽然那事儿在他心里好多年了。不过，他老姐既然提了，他也不想再遮遮掩掩："那张全家福，上面没有我。"

他顿时就妒了！

"幼稚！"时懿微微无语。

幼稚就幼稚吧！

他那会儿那么小，数了数人头不对！

"不过，我一开始的确没打算画你。"

话音刚落，小狮子干巴巴的视线就投了过来，他就知道，他就知道！

"你几天前将口香糖黏在我头发上，你还想让我画你？"

她那会也不过就是一个断奶的娃娃，他以为她能成熟到哪里去？

时懿跟着也有些郁闷。

小狮子闷闷"嗯"了一声，沮丧地垂着头。

时懿心软了软："后来，我有画你的！"

小狮子委委屈屈地望着她，湿漉漉的大眼睛格外明亮："画在哪里了？"

"我将你添到妈妈的肚子里去了。"

"……姐，不带你这么欺负人的！"小狮子撇了撇嘴巴，泫然欲泣。

"你想让我重新投胎，好有个新的弟弟妹妹。"

时懿眸子闪了闪。

她当时，的确是这么想的……

"姐，你心虚了！"

时懿敛了敛心神，瞪了过去："上次来家里吃饭的那个女孩呢？"

"她——"提到白浅浅，小狮子脑袋哐当死机，"她很好啊！"

"你喜欢她。"

时懿定定瞧着他。

小狮子脸色突然一红，傲娇地撇过头："我才不喜欢一个听风就是雨的女人。"

"她出来辟谣了！"白浅浅的那个帖子，千寻捧着电脑给她看过。

她当晚回来登录她的微博，这才发现了不好的地方。

"你知道，那是很需要勇气的。"时懿柔柔的嗓音在橘色的卧室内漫开，"安娜是她的表姐，我们只是她生命里的一个路人。可她为了路人，赌上了自己的血缘、自己的事业，招来众人谩骂。"

她微博粉众多，完全没必要那么做！

"可她曾经诬蔑了你，姐。"这点，他无法释然。

……

从小狮子屋里出来，时懿躺在床上辗转反侧。

据说昼夜交替时分，黑白光影之间，人会变得异常脆弱。

时懿想这大概是真的，否则为何淡定如她，竟会有这般的心神不宁。

林淮南还没有回来。

回国以来，第一次，林淮南夜不归宿。

她好不容易在英国熬到毕业，林淮南早已在中国打下基础。她之所以选择前来中国，说不准有没有一部分是因为他，但另外一部分她却是清楚的，那就是她想要逃离英国。

英国那场如影随行的车祸。

时懿开灯从床上坐了起来，蜷在床上，后背抵着床头，整个人陷入大片光与影的交织中。

那么一刹那，一个心悸，她只觉得自己又回到了在英国嫁给King的日子。

他忙，很忙！

下了飞机，他却喜欢抱着她亲热一番再睡去，第二天清晨或是半夜就会自动消失。

他只喜欢她的身体，不是喜欢她这个人。

她的性格，本就自伤。

没有他陪伴的日子，她就不停地画，不停地画。渐渐地，她的画技出神入化、炉火纯青，可她的精神却越来越不好。某天，就是管家都看不下去了，做主唤来心理医生。

她这才猛地醒悟，何时，她荒唐至此？

再次关灯，躺下。

她不想再等他，那样太累了。

太累了。

这一觉，时懿睡得并不安稳，梦里的沉沉浮浮、刀光剑影，都不如林淮南的不在身边给她的伤害大。

疼——

好疼——

她疼过，却没有哪次像这次一样严重，说不出的绞痛如同针刺般一波一波袭来，存心置她于死地。

说不清是因为林淮南不在而疼，还是因为林淮南不在而更疼。

下身莫名传来的湿漉黏稠让时懿隐隐抓狂，心底像是抓住了什么，却又什么也没抓住。

颤颤巍巍地拿起床头的手机，时懿什么心思都没有了，拿起手机拨通了小狮子的电话，没接。

全身被冷汗浸透，时懿整个人就像浸在水里，腹部的热浪一波一波袭来，只让她身心俱疲。

King——

长时间的痛楚让时懿痛得神经开始麻木，手指不听使唤地拨通了一个号码。

时懿蜷着身体，张了张嘴，只能拼命地唤出一个单音节，便没了其他的力气。

"King！"

她性子凉薄，见谁都是淡淡的。

她不养任何宠物，她只记得小时候的那只折耳猫老死时的撕心裂肺。

感情，比一见钟情来得深刻的，是日久生情。

恰好，林淮南是时懿的一见钟情。可时懿，到底不是林淮南的日久生情。

VIP 病房，连带消毒水都比其他病房味道重些。

时懿幽幽转醒，漆黑的眸子空空地望向天花板，房间里静得可怕。

"咔——"

病房门被推开。

"时小姐，您醒了。"漂亮的女医生进来，笑得很好看，"您肚子里的宝宝保住了。"

"快一个月了。"笑眯眯地补充道。

宝宝——

时懿喉咙有些发干，下意识抬手要去摸自己的肚子，手腕上传来一阵刺痛。

"是营养液，对宝宝没有伤害的。"一眼瞧出她的担心，女医生善解人意道。

"是谁，送我来的？"

时懿另一只手掌缓缓握紧了些。

"是您弟弟签的字。"

……

果然，哪怕她真的有了他的孩子，他还是可以做到这般铁石心肠、无动于衷。

时懿，你个傻子，到底还要被伤多少次，非要伤口将自己疼死，你才会放手？

"时小姐，孕妇的情绪对胎儿的影响至关重要，您的情绪一定不能再失控。"女医生视线落在时懿忽然颤抖的身体上，心生不忍，连忙劝阻。

"我想，您也一定是想将这个孩子平安生下来的。"

时懿眼睛猛的一缩。

耳边盘旋着的是她打通林淮南手机后的那个生脆的女声"喂"。

她听得出来，这声音太曼妙了，清脆如珠，充满朝气。

不似她，死气沉沉。

接电话的，该是一个何其灵妙生动的女人！

"不，帮我安排人流。"

女医生脸上的笑僵住了。

怀孕一事，她让小狮子严守嘴巴。狮子只当老姐亲自告诉姐夫，给他一个惊喜，点头应了下来。

时懿见到林淮南，是在晚上。

男人一双暗沉无比的眸子像是有暗色的火焰烧了起来。窗外的月光落在他的脸上，她睁眼便看见他那一张俊美冷峻的脸。

"小蝎子。"

男人的唇在她耳后流连："真好，我们有孩子了。"

那真的，是太不好了！

时懿眉睫微垂，微微笑了下，用淡然的姿态去掩饰内心全面崩塌的世界："那是我的孩子！可如果，要我的孩子一辈子生在水深火热里，我倒是宁愿自私上一回，替他做个主，让他不要到这个世上了。"

男人英俊的容颜背着月光，不说话，只听着。

他的心思本就难猜，此刻时懿也懒得忖度，索性闭上眼，彻彻底底地将他从自己的世界里隔绝开。

她若是不想要这个孩子，没人能勉强得了！

哪怕是他！

林淮南看着女人的睡颜，沉沉地笑了。那笑容竟然有几分温和亲切，只是那双眼睛过于暗沉。

林淮南动作粗鲁地将她从床上捞起来，强制地塞入自己的怀里，一手禁锢着时懿的腰肢，腾出一只手捏住她精致的下巴，强迫她睁开眼同他对视。

他手劲儿的力道，大得几乎让她叫了起来。

时懿心横了横，睫毛颤巍巍地掀开。

"King，你为什么要留一个不爱的女人在身边？"

话一出，她看到，林淮南一张俊美异常的脸彻底白了，透着丝丝青意，令人浑身大骇。

但是话既已说到了这个份儿上，便没有回旋的余地，她亦想将自己的后路斩得干净。

"你如果想将我逼入死胡同，那你继续。"

他既然能知晓她怀孕一事，那么也肯定知晓她差点儿流产的原因。

所以，她自私地利用了他对自己仅存的爱，来博取自由。

她看过有关天蝎座的描写，上面写的一点儿都没错，天蝎座的女子，对待爱情，只认一人最真的心。

林淮南最后到底还是走了。时懿请了假，只和慕千寻说累了，将手头的工作推一推，没提自己住院怀孕一事。

电话那端的慕千寻沉默片刻，什么也没说，挂了电话。

空闲下来，时懿便去楼下花园里坐坐，带上钟梵留给她的剧本，细细念着里头的台词。

台词念久了，心底生出一抹想见见剧本作者的念头，问问她何以做到字字泣血，字字锋利如刀刃，又何以这般了解人性！

"姐姐，你去过游乐园吗？"一抬头，一个水灵灵的小女孩站在面前，尤其是那双眼睛格外有灵性，身上穿着松松垮垮的病服。

"没有。"时懿微微垂下眼睑。

小女孩笑眯眯地背着手，跳到时懿身旁，盈盈道："姐姐，你同若若一样，也是打小就生病的吗？"

她竟一个字也说不出。

时懿抬头，望向她因化疗而光溜溜的脑袋，心底掀起涟漪。

"没事的，姐姐。以后若若可以常常来陪你。"

对着这样的笑容，时懿狠不下心肠拒绝，但也没给她一个明确的回复。

若若伸手摸了摸时懿那头乌黑的秀发，她是真的很喜欢眼前这个漂亮姐姐，姐姐是她见过的最漂亮的人。

时懿去花园不是很频繁，每每从病房玻璃望见若若欢喜满满地跑到花园里等她，才拿起一旁的风衣下了楼。

若若不过三岁，却是极为聪慧的，时懿只是点了剧本上的一个字教她，她竟记得一丝不差，甚至还能说出其中的意思。

于是，时懿便开始陆陆续续地教若若多识一些字。

期间，小狮子领着白浅浅一起来过，一个走在前面，一个走在后面。

白浅浅跟头小绵羊似的，站在一旁，小狮子态度不冷不热，看向时懿神色才有了松动。

"Neil，我有话要和浅浅说。"

小狮子不乐意了，低声嚷道："姐——"

有什么话，不能当着他的面说的！

"Neil。"时懿再次凉凉地唤了声。

小狮子叹了一口气，认命地转身走了出去，末了还不忘扫一眼也是一脸茫然的白浅浅："我姐说什么就是什么，记得了没？"

"记得了。"白浅浅本能地点了点头。

对于时懿，她总觉得自己对她有太多的抱歉。

发道歉帖之前，她给自己做了足够的心理建设。但是这些天，还是被不少网友攻击性的言论给伤到，转念想到时懿当时也是被大批网友谩骂，而且是很没理由的，那么自己所受的委屈也就算不得什么！

"浅浅，你之前的微博呢？"

白浅浅呼吸窒了窒："删了。"

"很可惜。"

为了她时懿一个人，伤了她两百多万粉丝的心。

"没什么可惜不可惜的。做错了事，受到惩罚，天经地义。"白浅浅说的是心里话。

"Neil有个好处，是爱恨分明。他有个坏处，那就是太爱恨分明，"时懿淡淡道，抬眸直直看向她，"但是，我从未见到他对哪个女生像对你这样拖泥带水。"

拖泥带水？

白浅浅不知道说什么好，突然感觉，自己在小狮子姐姐面前好像无所遁形。

"他是顺路带我过来的。"

她路上撞到表姐，被她扇了一个耳光，小狮子路过，正巧将她救下。

仅此而已。

"你对十二星座了如指掌，怎么单单治不了一个狮子座的Neil？"

"……试过，但是好难。"

换句话说，根本无从下手！

白浅浅无比郁闷地嘟起粉唇，狮子座就是欠调教，可不是所有人都能拿着木棍调教狮子的。

狮吼功，喊她一声，低血压冒了上来，眼前猛的一黑，差点儿站不稳。

吃饭的时候，学着小狮子沉默优雅。她照猫画虎，但是二十多个年头养成的习惯，最终落得连猫都画不像的地步！

最后就是聊天儿。

只消看到小狮子眼里头的一丝寒意，她就头皮发麻、舌头僵硬、直冒冷汗，这样的她，连她自己都泄了气！

"优柔寡断，只能让狮子一口咬断你的脖子。"

时懿面色隐隐沉下去几分："你是真的喜欢 Neil？"

浅浅顿了顿，良久眼眸慢慢泛着一抹坚毅的晶亮："是，我喜欢他，我想和他在一起。"

时懿笑容深了深。

门外，小狮子莫名打了一个喷嚏，老姐和那女人在一起，他总觉得要发生什么事，还是不好的！

也不知道过了多久，"嘭——"白浅浅从病房里跳了出来。

小狮子阴恻恻地望着她，不知道她高兴个什么劲儿："我姐和你说什么了？"

白浅浅眼底闪过一丝狡黠，壮着胆子踮起脚尖点了点他的鼻子："Neil，时师，小狮子！"

小狮子一脸警觉地瞪着她。

白浅浅非常无辜地一笑："你、好、丑！"

……

小狮子呆滞了。

"姐！"

不带这么坑亲弟的！

白浅浅笑得愈发如沐春风，嗯，没想到天蝎座调教起狮子座也是一把好手啊！

这个她可要写在她的新的理论里。

# 第五章

剧本里有一句诗，漂亮凄美。

世上安得双全法，不负如来不负卿。

情爱，是孽、是障，是生也是死。

林淮南在那晚之后，便没有再出现在时懿面前。他那晚确实是动了怒，尤其是在她说"那你继续"四个字后，他真的继续了。

一低头，便重重吻了上来。

在短暂的闭嘴抵抗后，她忽然开口，放了他的唇舌进来。他嘴角立刻带了笑意，然而她狠狠一咬，他刺痛得眉目一惊，一把揪住她的头发。她吃痛，牙关才被迫松开。

他满嘴血腥地退了出来，她固执地毫不畏惧地瞪着他。

时懿幽幽地合上剧本，不想再去回想那晚林淮南又臭又黑的脸色。

她身子恢复得不错，医院那边给她安排的人流时间也确定了下来。接到单子，时懿拿起黑色签字笔，手腕连着手心隐隐颤抖，签下的名字虽一如以往的清秀隽永，却多了一份歪斜。

慕千寻在此期间好像也挺忙的，只是给她打来几个电话叮嘱她几句。

签字后，时懿度过的每分每秒，都只令她愈发难受，甚至有些窒息，去花园里想看看那小姑娘，几次下来却都落个空。

单调的白色手术床，小护士声音清清脆脆，在清冷的手术室里显得悠长而冰冷。

"时小姐，麻烦您躺上去。"

时懿心头堵得厉害，面子上还是淡淡的。

慢吞吞地爬上了床，时懿直直地盯着头顶上的雪白，只觉得她仿佛能透过那片茫茫的白色，看到无数女人和孩子的鲜血，像被腐蚀的花朵，大片大片盛开。

她从不怀疑自己对林淮南的感觉，她是爱他的。

可是她到底还是太软弱了，见不得自己受了别人给的委屈，哪怕一丝一毫。

时懿手指颤颤地摸上了自己的小腹，女医手里握着的冰冷器械，让她的眉眼、她的心肝冰进了骨子里去。

"小蝎子。"

男人冰凉如水的嗓音携裹着严重的寒意骤然响起，时懿闭了闭眼，没了去看男人眼睛的勇气。

男人大手抚上她的脸颊，很凉。

下一秒钟，林淮南将她的身子从床上扯了下来，时懿一个重心不稳，膝盖磕上了床沿，脚步跟跄地跟着他大步往外走去。

时懿抬眼望着林淮南强硬的背影，嘴巴抿得死死的，也不主动开口。可到底她的体力还是没男人那般好，才走了半个走廊，她已是筋疲力尽，望着走廊里明晃晃的灯，只觉得四周惨白的墙壁令人窒息绝望。

"King！"终是忍不住低声唤了他。

林淮南身子僵了僵，蓦地，转身直直将她逼到墙壁，时懿这才看清男人眼底到底酝酿了何等的风暴。

"小蝎子，你是真的想杀死我们的孩子。"男人语气轻得几不可闻，吐出来的每个字像是碾着血骨迸发着对她的无限恨意、恼意说出来的。

时懿努力不让自己掉眼泪，眼睛瞪得大大的，还是有些许湿意浸染了她的眼眶："我，不知道。"

她是真的不知道，最后一刻，她是否会留下这个孩子。

"不，你比谁都明白，这个孩子是你我的羁绊，永远的。"

可你时懿，一点儿都不稀罕！

林淮南嘴角扯出一股自嘲冷硬的弧度，眉宇间刹那寒了，俯首细细咬上了她的脖颈，带着惩罚的劲道："可我不会让你如愿的。"

"这个孩子，你必须将它平平安安生下来。"

"为什么，你这么在意它？"时懿声音哽咽，突然贴近自己身体的温度让她产生一种想要拥抱的冲动，事实上，她也的确这么做了。

"你明明不喜欢我。"

她的身体还是那么冰凉。

林淮南脸色愈发难看，口气也极为不好："你这话说的，倒像是你很喜欢我。"

时懿咬着下唇，她感觉到自己的脸慢慢热起来，但这不能阻挡她在心中徘徊千万次的疑问："如果我真的喜欢你，你会喜欢我吗？"她觉得每一个字都要把自己的喉咙灼烧得滚烫。

在爱情面前，她其实将自己放在了一个很卑微的位置。

男人漆黑的眼底暗沉无比，盯着她，半晌没出声。

然后，一个吻再次重重落下，仿佛要将他压抑多日的隐痛宣泄而光。他几乎是凶狠地吸吮着她的唇舌，一双大手紧紧环住她的腰肢，令她完全在他的怀抱中。时懿被这么霸道的姿势折腾得有些喘不上气，双手下意识地推上男人的胸膛。

林淮南大概也察觉出她的难受，钳制时懿腰肢的大手缓缓松开，换上按住她的双手，深邃的眼睛居高临下紧盯着她。

渐渐的，那暗黑的眼睛仿佛燃起炽热而无声的火焰，就像要把她一同焚烧殆尽。

"看到你和除我之外的男人在一起，我会吃醋；想到不能每时每刻将你拥在怀里，想亲就亲，想抱就抱，我连我们分开的时间都记恨上了，"

男人的声音低沉得仿佛有千钧之力，"以前我不懂爱一个人的感觉，甚至会下意识地排斥对一个人的牵肠挂肚，你能原谅以前那个伤了你的我吗？"

他后悔过一段时光，没能在她身边好好陪她的那段！

时懿完全说不出任何话来，只觉得自己的世界仿佛瞬间停滞，周边所有的一切都在远去淡化，只有男人英俊硬朗的脸庞，无比清晰醒目。

她纠结的，一直都是他爱不爱她，而不是纠结自己要不要原谅他。

林淮南还是没听到时懿说话，单手抚摸她的脸，又咬上了她的耳垂："我爱你，想要你给我生个孩子，好拴住你不让你离开我的身边。"

良久，时懿才轻轻开口说道："……林淮南，以后不要再叫我Lisa了。"

"我也不叫你King了。"

男人沉默了一下："你喜欢哪个就叫哪个。"

"你想做的就去做，不想做的就不做，出了什么我替你担着。但享受这一切的提前是，你要一辈子做我的老婆。"

"……好。"

时懿慢吞吞地应着，眼底浮现着熠熠的光芒。

林淮南很是懊恼。

时懿的右膝盖因为他粗鲁的动作撞出了一块青紫，小小的，不摸不疼。林淮南找来医生，开了点儿跌打损伤的药膏，擦之前还忍不住冲着她那块青紫亲了亲，亲得时懿差点儿叫了出来，是疼的。

回了公寓，时懿趁着林淮南下厨的空当儿给慕千寻打了一通电话。

"千寻，帮我将手头的通告都提前，另外不要再给我接其他的通告。"

时懿眼中闪过一丝歉意。

电话那端，直接挂了。

慕千寻向来知晓她的脾气，说出口的事情，她再怎么浪费口舌也是无用。

　　时懿看着手机发了一会儿呆，末了还是林淮南将她从沙发上抱到餐桌前。

　　"我只是擦破点儿皮，没有骨折。"他这样老是抱着她，好像她的腿严重到不能走的地步。

　　"嗯，我喜欢抱你。"

　　时懿微微呛了下。

　　拿起筷子又放了下来："我下周要去电影的拍摄现场开工。"

　　果然，话还没说完，男人脸色就阴沉一片。

　　"你现在不是一个人，林太太。"最后的三个字咬得极重，隐隐透着一股不悦。

　　"我问了医生，怀孕前三个月是最容易流产的。况且，你之前还差点儿流了。"越说男人脸色就沉得越厉害，到最后索性不说了，只拿他那双沉沉的眼睛瞧着她。

　　时懿也有些心悸，明白自己这次是胡来了："我不会让自己累着的。"

　　"我也会好好照顾自己，还有我们的孩子。"女人软糯的嗓音带着一股化不开的甜腻。

　　这样的她，杀伤力太大，林淮南呼吸都顿了顿，思忖道："很想去？"

　　"嗯。"时懿利索地应了声。

　　"去了片场，你要听我安排。"

　　"好。"

　　时懿没多想，直接点了头。

　　小狮子回国那天，天气不错，白浅浅给她打了一通电话。时懿就蜷在林淮南的怀里，安安静静地听着，也没有深究她和小狮子的关系。

　　只觉得，她和Neil不像缘浅的样子。

　　林淮南细细看着她的眉眼，大抵是有了肚里宝宝的关系，时懿整个人愈发温柔似水，连笑容也比以往多了不少。

挂了电话，时懿将头贴上男人的胸膛，林淮南将她的身子调了一个舒服的姿势揽进自己的怀里。

岁月静安，连映在地上的影子都生出一番缠绵的情意来。

《双生花》拍摄现场在横店。

到了现场，时懿才发觉男人背着她早已将一切都打点好了。她的住行吃喝和组里的人员分开，时懿也没矫情，一切按照男人的意思来。

身处陌生的环境,时懿总会有些卡机。慕千寻这些天也跟丢了魂似的，干什么都不带劲儿，还时常偷偷一个人跑到外头打电话。

好在，有钟梵这个妖孽在，也好在，她的戏份真的不多。钟梵同期还接下一档《樊城日记》，尽管他比她先进剧组，但是由于时懿只有短短十五天的拍摄日程，最终还是时懿先杀青。

这部戏叫《双生花》，既是双生，亦决定了双姝这一生注定的不公。

戏里，姐姐灵歌一袭红裳烈火般魅惑生艳，妹妹灵音乌发素衣清丽出尘。

灵歌为了复仇毅然决然选择委身于钟梵所饰演的帝王容倾与之周旋，并且和其弟容锦王爷生出一段暧昧情愫。

相比姐姐的爱恨纠葛，灵音感情虽简单却也够惊心动魄，剧本里只有寥寥几笔展现她和叶离的感情，但她在后来的剧情里，却可以和容倾、容锦促膝长谈。

这份情怀，饶是连灵歌都无法做到。

只是，作者一直都未能将最后的结局发表出来，双姝最后的命运，因此成了剧组里最大的悬疑。

灵歌的扮演者，是宋清欢，一个明媚艳丽的女人。其古装扮相也极其动人，一袭红裳，丝带飞舞，艳丽不可侵犯。

"钟梵，我亲手腌制的蜂蜜柠檬。"献宝似的晃着手里的密封盒。

宋清欢像只小狗般围在钟梵前后，"很好吃的，你要不要尝一下？"

钟梵今天脾气委实不错，姿态慵懒，挨着时懿的椅子坐了下来："台词不是这样看的。"

抽走时懿手里的剧本，钟梵挑了下好看的眉眼，视线落在剧本上愈发玩味："你在背其他人的台词？"

"我想多揣摩揣摩里头人物该有的心思。"但是效果甚微。

钟梵盯着台词看了一会儿，仍是那副妖妖艳艳的样子，从她手里抽走剧本："没必要。"

"你是灵音！"

时懿细细想了一会儿，顿时了然。

诚然，她只是灵音，也是为了灵音而来。

旁人如何，和她关系不大。

宋清欢心头有些发堵，她也说不上来，只是觉得钟梵和时懿之间默契得好像有根线将他们连在一起似的。

旁人，比如她，根本没有插足之地。

"钟梵——"

到底还是年纪轻轻的女儿家，宋清欢脸色烫得厉害，死死咬着下唇。

钟梵只当她胡闹，连个眼神儿也没给她。

宋清欢难过了，高高举起手里的密封盒摔进钟梵手里，转身跑了。

真是的，她不要再理钟梵这只妖孽了！

可毕竟那只是心头气时所想，待冷静下来，宋清欢又怕了。

她应该没有惹他生气吧？

钟梵那只妖孽要是真气着了，只会一个劲儿地冲你笑，笑得邪魅入骨、肆无忌惮，只叫你头皮发麻、四肢发软。

可他从来都没将她放在心上，又怎么会为她动气呢？

想到这里，宋清欢又难受了！

时懿表演天赋还是有的，她的戏份也没有涉及吊威亚之类的，除却最后和灵歌相舞需要费些体力，其他的都还好。

一场戏下来，时懿有些饿了。她以前吃得不多，有了这个孩子后，嘴巴开始馋得厉害。

零食糕点这类的，都是慕千寻负责。

时懿四下里看了一遭，也没能发现她的身影，眉眼微微沉了下来。

目光落在拍摄组旁的小餐桌，上面可以烧些热水用来泡面。

摸了摸肚子，时懿怕饿着肚子里的孩子，上前打开一碗泡面，放了作料开水进去，一个人拿着叉子吃了起来。

"叮——"

吃到一半，手机响起，时懿看了屏幕一眼，嘴角弯了弯："淮南。"

每每唤着男人的名字，时懿脸颊还是会有些发烫，眉眼生情。

电话那端传来男人低低的带着笑意的声音："在做什么？"

时懿拿着叉子在汤汁里转啊转："吃东西呢。"末了不忘补充一句，"宝宝饿了。"她指的是肚子里的孩子。

"嗯，宝宝饿了。"男人眼底闪烁着异样的柔色，比起她肚子里的那块肉，她才是他的宝宝。

旁边走来一个穿工作服的女性人员，模样有些刻薄，拿起一碗泡面撕开上层。时懿顿了顿，端起泡面想要坐远些。

"扑——"

左胳膊受到外力的撞击，时懿一个重心不稳，碗里的汤面洒出去大半，好死不死的，还烫到了她的手背。

水不是沸的，却还是让时懿眉头皱了起来。

"你是故意的。"眸色沉下，跟着时懿脸色也不太好看。

那女人冷哼一声："嗯，我就是故意的，你能将我怎么样？"

"你和张导睡过了，组里哪个瞧不出来！现在还敢勾引钟梵，你真不要脸！"

时懿眼皮子掀了掀，慢条斯理地拿起餐桌上的纸巾将手上的水渍擦掉，手背上绯红愈发清晰明显，有些触目惊心。

她就奇怪了，好端端的她怎么和张导扯上关系了。

"你走近来一些。"

那女人不明所以，想着大白天的，人多眼杂，极其不耐烦地走近了些："你想干——"

话没说完，时懿拿起桌子上的泡面，反手扣在了她的头上。

"你可以走了。"淡淡转身，不去看她。

那女人气得身子发抖，浓郁的汤汁滚落到头发丝里、衣服里，当真是难受极了，愤愤地瞪了时懿一眼："你等着，时懿。"

"你既然这么不要脸，也别指望别人给你脸。"

说完，顶着一头的泡面愤然转身！

闹了这么一出，时懿没了胃口，拿起桌子上的手机，见还在通话，心里"咯噔"一下，沉默了一会儿放到耳边："还在？"语气平常如初，就是时懿自己也不知道，自己的嗓音里多了一份难以察觉的娇嗔。

"嗯。"电话那端，是男人温热有力的话语。

"慕千寻去哪儿了？"时懿听不出他这话的情绪。

时懿扶额："她有事。"

不大确定男人到底听到了多少，那女人嗓音尖尖的，又犀利得很，难保不被他给听了去。

林淮南眸色暗了暗，叮嘱了时懿几句，便挂了电话。

时懿欺负同组成员的消息不知从哪里传出去的，各大媒体报道对于这事儿竟全然都是睁一只眼闭一只眼的态度，最终的源头还是来自一个网友的微博。

那女人是组里的老人，时懿此番是彻底将她给得罪了，因此她更是可以肆无忌惮说着她的坏话。

好在剧组里的人都不是会嚼舌根子的，加之时懿一向不喜热闹，也没有多少人会真的相信。

宋清欢一直明白，钟梵心底有个人，不浅不深，不近不远，如魅如影，挥之不去。

"我以为，你会插手。"她今天状态不佳，原本一条能过的戏份频频 NG。

宋清欢来不及卸下脸上厚重的妆容，提着戏里烦琐的古装径直坐到钟梵的身边。

女人对于自己的情敌，第六感一向敏锐。

只消一眼，她便瞧出钟梵遇见一个人的不对劲儿，或许连他自己都没察觉到，一旦有时懿，他连呼吸都放轻了。

钟梵仍旧那副妖妖艳艳模样，嘴角勾起，也不看她："插手什么？"

宋清欢默默盯着他，咬字清晰："时懿。"

闻言，钟梵忽然倾身向前，单手捏住她的下巴，俯身与她平视。脸上的表情刹那妖艳入骨，咄咄逼人。

"你知道多少？"

宋清欢突然有些心死。

只是提一下她的名字，他反应就这么大。

平日里，她为他做饭，手背被油水烫出一个大包，也不曾见他有过一丝反应。

"除了名字，一无所知。"

她不知道他们的过往纠葛，也不知道他们现在到底是什么样的一种关系。

宋清欢硬生生地将自己的眼泪逼了回去，故作轻松地笑眯眯道："钟梵，原本我以为这世上再没有哪个女人能入得了你的眼。可是知道你喜欢她，我却是欢喜大过难受。"

钟梵捏住她下巴的手指松了松，那双黑眸里仍是有些阴鸷。

"你还是可以喜欢人的不是？所以，只要我努力，你总归有一天能接受我的。"

尽管遥遥无期，可他是钟梵，是她这辈子最喜欢的人，她舍不得就这么轻易放手。

钟梵放开捏住她下巴的手，脸色阴郁。

半晌，冷冽的嗓音幽幽响起，震得宋清欢满心伤痕。

"劝你，趁早死了这条心。"

……

清晨，还不到五点，天还蒙蒙亮，时懿便穿了衣服下了床。她睡眠一向很浅，尤其昨晚更甚，半梦半醒间，恍惚了一整晚，还来不及沉睡，天就亮了。

坐在床沿，掌心摸向自己的腹部，只觉得自己的心都要化了。

她也清楚，自己这些天精神不太好，也不知道自己肚子里的孩子有没有跟着受苦。

"叮——"

门铃响起，时懿敛了敛心神走去开了门。

是钟梵。

他身上有股很重的酒气，是伏特加。

大抵她也不是很清醒，他这般脆弱而幻灭的面容，一下子让时懿想起他在英国留学受伤的时候，也是脆弱得那么令人心动，一点儿攻击性都没有。可当他一睁眼，整个感觉瞬间就消失不见。

"你的房间在隔壁。"时懿眉头淡淡皱起。

钟梵性感的声音像是蕴含了酒精，忽然从唇间飘出一句话，温度不冷：

"Lisa，今天，是我母亲的忌日。"

"……所以呢，钟梵？"

时懿笑了笑，那笑里分明藏着几分罕见的凄楚。

"你我之间谈这些，太伤感情了。"

她对他的过去，毫无兴趣。

时懿缓缓合上门，钟梵却突然生出一丝不甘来，大手抚上门框，眼底暗流涌动："你是头一个，让我想说这些话的人。"

"……过去的，都过去了。"

钟梵笑了。

那一刻他才晓得，这个叫时懿的女人冷血起来，姿态何其优雅，话语何其冷漠，还透着一股恰到好处的迷人。

"说的也是呢。"垂下的手缓缓握成拳头，下一秒钟梵又恢复成妖孽的姿容，眼角生着花。

"这才是，我认识的Lisa。"

时懿没去看他，唇线松了松："我父母，两年前在一场车祸中都丧生了。"

钟梵没说话，默默地看着她，像是要把她整个人都看透。最后，抬手抚摩着她的头发，笑容绚烂魅惑："Lisa，你安慰人的方式，真是糟糕。"

没有哪个人会蠢到将自己的伤疤血淋淋撕开来安慰别人！

时懿这才抬眼望他，眼神纯净清澈:"回你的房间休息，别喝——""酒"字还没有说出口，时懿身子猛地前倾，钟梵拦腰就是一抱，被迫紧贴男人的胸膛。

胸膛里馥郁的酒气混杂着冷冽的寒意，让时懿眉头皱了起来。

他到底是喝了多少？

"钟梵，你放开我！"担心着肚子里的宝宝，时懿动作不敢太大，声音却不好听了。

钟梵动了动薄唇，眼底妖冶的亮光"刺啦"一下熄灭得一丝不剩。

"她说的话，你没听到？"一个危险的声音直直插了进来。

时懿心跳漏了一拍，钟梵圈住她的手臂滑了下来。

眸子顺着声音看向站在走廊尽头的男人，待看清他眼底那片平静无波，时懿只觉得心头有些堵得慌。

她的侧脸分明流淌着的一丝涩意，叫钟梵心头狠狠颤了颤，沉默良久，终是开了口，浸染着前所未有的血腥："嗯，我去醒酒。"

大手揉了揉她的发丝，语气轻得像是对待稀罕珍贵物品般谨慎。

转身，离去，给时懿留下一个寡淡修长的背影。

时懿眼底微微闪现困惑，随即一双大手扳回她的脸，接着眼前一黑，男人冰冷的唇舌，有力地在她唇间辗转碾压、纠缠挑逗，只吻得她心惊肉跳、气喘吁吁。

过了许久，久到她的大脑都开始有点儿晕眩，久到她的脸色潮红一片，林淮南才终于松开她。

进了房间，林淮南神色仍旧冷漠疏离，径直坐在沙发上，反观时懿倒是有些束手束脚。

他生气了！

林淮南目光静静地在时懿身上停了几秒钟，淡淡开口："过来。"

时懿掌心都是汗，林淮南的目光却在这时静静看来。她立刻垂下眼眸，走到他身边，轻轻坐了下来。

"慕千寻呢？"

时懿怔了怔，如实道："不知道。"

"她这些天，就是这么照顾你的？"

吃泡面？！

"嗯。"时懿不知道怎么答，应得有些含糊。

视线看向男人眼底下淡淡的阴影时，心底生出了一丝心疼，顾不得他此刻还在和她闹着脾气："你特地赶过来的？"

男人脸微微烫了烫，有几分被人看穿的羞恼："你和钟梵，刚才做了什么？"

"说了几句话。"她不知道钟梵会突然抱她。

下意识的，时懿不想提那些细节。

林淮南到底是舍不得她。

时懿的性子，他再清楚不过，但凡她要是对钟梵有个什么意思，她会直接提离婚。

可他心底，就是堵得厉害。

捏着她又纤细几分的手腕，他好不容易将她的身子养起来些肉，这下可好，没过几天又瘦了回去。

林淮南脸色比之前黑得还要厉害，时懿看得一头雾水。

她剧组里的戏份并不多，差不多还有五六场便可以杀青，因此林淮南说要留下来陪她。时懿笑了笑："你工作呢？"

男人被她这没心没肺的笑气得磨了磨牙，俯身朝着她如玉的脖颈咬了下去，力道顾及到她，却还是让时懿皱了下眉头："你这是干吗？"

"别将自己看得太轻。"彻底拥有她之后，他才深刻意识到，工作和她相比，实在太轻太轻了。

时懿眼角微微泛红，将头埋进男人的胸膛。

即便男人临走时将公司工作处理得差不多，到了横店，流水的视频会议，铁打的文件，林淮南每天更要花费心思照顾时懿的生活起居，时懿自己也有些不好意思。

大抵是被养得太好了，时懿前期那些孕妇该有的孕吐、不适等症状倒是没怎么出现，只是愈发嗜睡。

午休，林淮南亲了亲自家老婆的额头，为她披好衣角走出房间。

客厅，慕千寻站得笔直，垂着睫毛，眼底里流淌的晦暗叫人难辨。

"林总。"声音很淡，淡得叫人听不出一丝情绪。

　　林淮南身子陷在沙发里，俊朗冷硬的面容掩盖在大片的黑影里，沉默了片刻，沉声道："我会重新给时懿安排经纪人，你回去好好休息。"

　　慕千寻身子猛的一震，整个人像是跌入冰窟窿里，沁心地凉，入骨地痛。抬眼不可思议地望着他，一开口，眼泪差点儿掉下来："等等，林总——"

　　"你出了酒店，机票还有奖金都会有人送给你。"

　　男人嗓音低沉，透着不容商榷的坚毅。

　　慕千寻哪里听不出来，做着垂死的挣扎："林总，如果我哪里做得不好，我可以改的。"

　　她不能失去这份工作，她更不能失去时懿这张王牌。

　　没了她，她想要东山再起，遥遥无期！

　　她的若若，现在状况不好，她需要大笔医疗费！

　　她要是没了这份工作——

　　后果太残忍，慕千寻只消想一下，就觉得自己的心连同这灵魂被一双无形的大手撕扯得生疼。

　　"她的事，向来没有第二次。"

　　……

　　醒来的时候，时懿睡眼惺忪，宛若猫咪般慵懒，还不怎么想动，林淮南的大手已从一侧伸过来，环住她的腰和肩膀，将她转了个身，面朝自己。

　　当他英俊的脸映入眼帘，时懿心头一酸，目光不着痕迹地偏移，停在他坚实的肩膀上。

　　无论是以中国传统道德标准还是英国独立自主的那套学说，都叫时懿不大能心安理得地接受林淮南单方面的付出。

　　"周幽王宠幸褒姒，帝辛宠溺妲己。"时懿从男人的怀里爬起，漆黑的眸色深沉得不像话。

他的喜欢，诚然让她很是欢喜，可她不想耽误他的工作。

林淮南抬起大掌抚摩她的脸颊，眼底漾着分明的涟漪："傻子，那是他们的事，于我们何干？"

"我喜欢你，想要照顾你的心情，除了顺从，其他的只会让我难受。"

时懿心中一震，随即脸上扬起大片的笑意，眼角微湿。

他的确不是可以被外界束缚影响的人。

想到这里，时懿睫毛闪了闪。她可不可以理解为，当时娶她，他也是心甘情愿的呢？

女人淡色的唇瓣微微抿着，果冻般的光泽在阳光下泛着浅浅的晕色。男人眼眸暗沉下来，粗糙的指腹紧捏她柔软的下巴，冰冷的唇坚定地压了上来。

"告诉我，你也是这么想的。"在她唇舌间，男人仍没打算放过她。

时懿一张白皙的小脸缓缓镀上一层绯红，脸皮下透着隐隐的血色，万分惹人爱怜。

她细细想了一会儿，心里喜滋滋的。

林淮南盯着她愈发娇俏的模样，火热的舌愈发放肆地掠过她唇里的甘甜，坚实宽阔的胸膛压制性地禁锢她的肩膀腰肢。凌厉的攻势，让时懿无端生出一股倘若她想的不是，她今天可能就没命下床的觉悟。

男人只是亲吻一番，最终恋恋不舍地从时懿的身上移开，没有进一步的动作。

"很难受？"这话，有些明知故问。

林淮南身子的温度热得厉害，时懿即便不伸手摸，那股热气还是浸透到她衣服里，准确无误地渗入到她的血管中。

"不难受。"相反，他很是享受。

时懿只是柔柔地望着他，跟着躺下来陪他再眯一会儿。

时懿在剧组里待的时间不是很长，有关她的流言这次传得稀疏，反倒是那位女员工，莫名被辞退掉了。

陪时懿去剧组的路上，林淮南一路都和她闹别扭，还对她动手动脚。时懿当他耍小孩子脾气，全然接受。

认识"林淮南"这三个字的，全民众。

可知晓林淮南什么样的，寥寥无几，但是林淮南陪时懿到达现场，仍是凭着出众的外表吸引了一大批迷妹，所到之处，一片倒抽气声。

"你不吃醋？"

某人不乐意了。

时懿忙着换戏服，没空搭理他。

这套戏服烦琐又复杂，原本给她搭把手的工作人员还被他给赶走了，想到这儿，时懿目光微微不满地看向他，嘟着嘴巴："你给我穿好，不然就将她叫进来。"

她，指的是刚才为她穿戏服的小姑娘。

林淮南挑了下眉，目光上下打量一下她半褪半拢的素色戏裙，嘴角勾了勾。

"嗯。"

他女人的衣服，只能由他亲手穿上。

时懿见他那般笃定自然的态度，倒也没那么着急了，转过身由他为自己整理后面看不到的地方。

林淮南低头理了一会儿，渐渐的，脸上的笑意有些绷不住了。

什么鬼，这根带子放哪里？多出来的这玩意儿又是什么？

"好了吗？"她还要去化妆。

"快了。"

林淮南的话语仍旧从容不迫，倏忽眼神一暗，大手往下重重一扯，"刺啦"，穿在时懿身上的裙子沿着身体的曲线下滑。

幸好，古人会穿一个肚兜。

只是林淮南站的角度实在是过于讨巧，乍现的春色被他全然看了去。

时懿不知这点，转过头凉凉地盯着他。

"嗯，你们剧组太穷了，戏服质量差了些。"

时懿嘴角抽了抽，这戏服料子的手感还是不错的，这厮说话也太无耻了些！

最后的最后，还是由门外的小姑娘拿针缝了几下，才为时懿穿好。林淮南因为犯了事，落得个敢怒不敢言的下场。

今天的戏份还蛮重的，灵音对叶离下手，大片大片复杂的情绪都在此刻喷发，很是考验演员的功底。

那份纠结、猜疑、痛心，像是潮水般将灵音的灵魂一遍一遍地冲洗，又像硫酸般一遍一遍地腐蚀，最终她做出来的抉择，才是灵音命运的走向。

饰演叶离的是一位资历丰富的老影帝梁荃，这类戏自然是手到擒来。因着和他的对手戏最多，时懿平素里向他请教的次数自然不少。

他也总是可以给她一些建设性的建议，帮助时懿磨炼演技。

可时懿到底不是科班出身，对于此时灵音的勾勒欠缺火候，达不到导演的要求，频频 NG。

折腾了一个上午，时懿脸色也有些难看。导演气得急火攻心，指着时懿的鼻子骂道："你是猪吗？"

"不会演戏你接什么接，平白无故浪费我那么多的时间！"

时懿没说话，垂下的手握成拳状，慢慢往林淮南的方向踱去。

林淮南双手环胸，眼神危险地眯起，望着女人低垂的脸，走上前将她揽入怀里，低头在她额头上亲了亲。

"导演，过来一下。"大手抚向时懿的后背，沿着她的脊背，轻轻摩挲着。然而手中的身躯，仍是这样僵硬着，每到一处，都能感觉到她无声的抗拒。

尽管不是在抗拒他，林淮南脸色仍是沉了一分。

导演是个懂得拿乔的人，可林淮南那气质和外表，分明透着一股子不言而喻的威慑，就是他也心惊了惊，看向时懿的眼神愈发不善，果然是背后有人。

原以为是钟梵，不想，另有其人。

以前钟梵在场，他不会多说些什么，今天正巧没他戏份，时懿的表现又如此不佳，正好给了他发泄的机会。

"你是哪位？"导演站着没动，他不过就是有钱了些，再有钱又能有钱到哪里去。

"林、淮、南。"男人微微笑了笑，一字一顿道。

导演被他嘴角的笑容笑得头皮有些发麻，林淮南？

这名字听着倒是很耳熟。

林淮南——

再一琢磨，导演淡定不了了，看向林淮南和时懿的眼神儿也变了几变。

"时懿是我的太太，你欺负了她，自然就相当于欺负了我，"林淮南笑意深了深，没什么暖意，慢条斯理地给导演顺着思路，一副好好先生的模样，"欺负了我的人，我一向不太愿意让那人好过。"

导演额头狂流汗，敢情钟梵对她的照顾，是来自林淮南啊！

那小子也真是的，不早跟他说清楚！

"她戏演得不好，我说她几句……也是应该的呀！"导演语气软了下来。

时懿扯了扯男人西装的衣角，人导演说得没错，的确是她的问题。

"导演，再拍一遍，损失的成本，我会赔。"

女人侧着脸，淡淡走出来说道。

望着时懿坚毅娇小的背影，林淮南心中一动，眼神扫了一眼目瞪口呆的导演。导演当即反应过来，连连点头说好。

化妆师重新给时懿上了妆，白色的粉底将她那张本就瘦小的巴掌大的脸衬得愈发娇小、苍白。

经了这么一出，时懿入戏倒是很快，抬头那瞬，微红的双眼竟然含着深深的泪水，如此安静、如此澄澈，仿佛清晨悄无声息的露珠，悲伤而无力地沉淀。

林淮南即便在戏外，仍能感受到她沉默的情绪，心头猛的一震。

阖目那一瞬，时懿将灵音爆发点的情感悉数灌注进去，速度是如此之快，复杂得叫人难以看清，却让人觉得那些情绪是真真切切存在的。

灵音本就是一个果断决绝的女子，再复杂的感情到了她这里，便是一码归一码，即便她也知道自己会后悔、会难过，甚至是想起那个男人，但——这就是命！

是她作为王女唯一的归宿！

时懿这次的表演实在是过于出彩，以致导演都看呆了，更别提场外人。

林淮南眉宇闪过一丝了然，隐隐明白钟梵为什么千方百计想要让时懿来演绎这个角色。

不得不说，灵音这个角色，就像是为了时懿而生的。

骨子里同样的倔强，同样的义无反顾，可她们到底还是不一样的，在时懿的心底，一直都有他的存在，灵音没有。

出了剧组，时懿的心情久久难以平复，掌心紧紧攥着胸前的蝎子项链。林淮南也不着急将她领回去，开着车带着她兜转在街道上，放着舒缓的音乐。

# 第六章

警惕地扫了眼猫眼，安娜脸色沉了下来，却还是开了门。

"咔——"

门被推开。

"你怎么来了？"安娜目光满是嘲讽。

那人倒也不恼，开口道："借我一些钱。"

"钱？"安娜冷哼一声，"她现在那么红，你还缺钱？真是笑死人了！"

随即脸色沉了下来："要钱没有，要命一条。"

"我知道你有钱，安娜，"那人嘴角危险地勾起，"我很急！现在没工夫在这里和你叽叽歪歪。"

"我要是没有呢？"

那人也不急，面色冷淡："你要是不将钱借给我，就别怪我将你以往干的那些破事给捅出去！"

"我还有什么事是不能被公众知道的？"她那个表妹可算是让她彻底明白了，害你的，往往就是身边最信任的人。

"就比如，你当某总的小三！"

安娜脸色陡然一冷，恨恨地瞪着她："说，你到底想要多少？"

"二十万！"

"二十万？"安娜失声叫了出来，"你就是让我去卖，我也赚不到那么多！顶多十万的封口费。以后，你就别来找我了！"

惹上她这样的一个烂摊子，还真的是晦气死了！

"二十万，没得商量。"

"得了，那你直接将我给弄死吧。"

虽说她打拼了这么多年，攒下来的积蓄真是没多少，光是平日里的化妆品一项就有得她受了。

"还有，别以为做那些事的就是我一个人，我是主犯，你就是帮凶！你和我撕破脸，你以为你真的就可以逍遥法外了？"

真当她是小猫，任人拿捏？！

笑话！

她安娜好歹也在模特圈摸爬滚打这么多年，什么大风大浪没见过！

"……那好，十万，你现在给我！"

"现在？"安娜眼珠子转了转，她的钱就有这么好拿？

"我手头上现在没有，转账有限制，我先给你两万，明天去银行直接将剩下的汇给你！"

"好，"那人眼神暗了暗，危险的目光锁着安娜的脸，"但是你别以为你能在我的手心里翻出什么花样来！"

林淮南亲了亲她的耳垂，时懿下意识地往男人怀里钻了钻，娇软乖巧，看得林淮南心都软成水了。

"以前也没觉得你这么爱睡。"

时懿半睡半醒，林淮南的怀抱总是温温的、热热的，还有独属于他的味道，令她流连。

"大概我以前睡得少了，这次怀孕了，反倒睡得多了。"

"嗯，"林淮南话里含着笑意，伸手捏了捏时懿的脸颊，"只是养了这么久，还是没能养出些肉来。"

时懿抬手打掉，笑了笑："我吃不胖的。"

林淮南脸上淡淡的，心底滑过一抹失落，看来养成计划是不成了。

"但是，你要是觉得我胖一些好看，我会尽量吃的。"女人细细的嗓音像是沾染了春晨的露水，瞬间落进林淮南的心坎里，甜甜的。

林淮南将头埋在她的发丝间，低低道："想你胖点儿，是为了你健康，别误解我的意思。"他可不想看到她撑破肚皮。

"嗯。"

她懂得，他是为了她好！

在床上腻歪了一阵子，林淮南热了下早餐，时懿吃了几口便有些吃不下，想着今早的对话，笑了笑，多吃了几口。

"叮——"

林淮南身上手机响了。

林淮南摸出来看了眼，按下接听键，凉凉道："你只有三分钟。"说完，将手机放到时懿耳边，时懿略显困惑地瞧着他，轻声道，"喂？"

"姐——"

时懿正了正色，是小狮子。

电话那端小狮子语速越来越快，他的中文不错，可真的着急起来，说中文会结巴，只得换了一口地道的英文。

时懿只是听着，脸上没多大的变化，眉头微拢。

三分钟，林淮南掐断了电话，时懿跟着沉默下来。

客厅里的气氛一时陷入僵持。

"……你早就知道了这事儿，对吗？"到底还是时懿先破了功。

男人沉默了一会儿："是。"

"那你再给我说一遍。"

林淮南深深地望着她，眼眸暗沉无比："有人利用一家小报社向你泼脏水，我挡了下来。"

"消息还是走漏了，在片场得罪你的那个女人，不断在微博上写着你利用私权，单独租一间酒店，为了睡男人。"

"……安娜，我和她谈过一次，她没有那么缜密的头脑和城府去设计一个人，"时懿淡淡地开口，说着自己的见解，"我总感觉她背后应该是有一个人，在主导着她做这一切。"

语气有着八成肯定意味。

"你，怀疑谁？"

时懿眸子闪了闪，摇头，视线看向男人："这些事，你该早点儿告诉我的。"

事关于她，倘若她自己都不出面澄清，一味地让他操心操力，替自己担忧受累，她也是会心疼的。

最后，还要连累远在英国的 Neil，让他为她这个做姐姐的担心。

林淮南眼底闪过一丝释然，他大概真是杞人忧天了，他的女人比他想象中……还要来得坚强！

时懿将一连串的事情在脑中细细梳理一遍，心底隐隐有了数："我能结仇的，确实挺多的。可我在中国的朋友，却是真的不多。"

她来横店拍摄《双生花》行程对外并未公开。

知根知底的，少之又少。

明晃晃的医院里，慕千寻每脚都像是踩在了棉花上，轻飘飘的，没有重量，几乎每步都像是能一头栽在地上，偏偏她却每步都挺住。

"砰——"

猛地推开门，声响很大，慕千寻却不自觉，视线落到病床上的女儿，眼泪掉了下来："若若！"

病床上的小女孩没有睁开眼，安安静静地睡着，连呼吸都是清浅的。看到女儿，慕千寻双腿突然软了下来，没力气再走了。

她女儿在哪儿，她的心也就定在哪儿。

慕小姐，您的骨髓和您女儿的不匹配，建议让您的丈夫试一下。

慕小姐，杜若的情况不太好，这段时间仍是需要不断化疗。

慕小姐，一共五万三千元，是刷卡还是现金？

……

若若——

慕千寻泪眼婆娑，望向女儿纯真的脸庞，心头更酸了。

她该怎么办？

她要是能找到杜连那个死鬼，她就是拼了她这条命也得让他给若若捐骨髓，可惜，她始终找不到他！

"若若，我的女儿！"

眼泪狠狠砸进了尘埃里，混着血水，凄美无奈。

我该怎么办才能救你！

"卡——"

一幕完毕，钟梵穿着龙袍走向自己的长椅休息，妖冶的眉宇聚着一抹戾气，目光微微一转，刹那芳华，让人不敢直视。

宋清欢早早守在一旁，递了一瓶柠檬水过去："好端端的，你这几天闹什么脾气？"

现在剧组里，也只有她敢惹这头隐怒的妖孽！

时懿，一般鲜少主动搭理钟梵。

这个认知，让宋清欢心底喜滋滋的。

不知不觉，她也是可以做他的独一无二，哪怕暂时还不是他心里的那个天下第一。

钟梵声音阴阴柔柔，眉眼上挑："离我远些。"

"不要！"宋清欢堂而皇之地抱住他的手臂，打定主意死缠到底，"我跟定你了，钟梵。"

"你可以对我做任何事，但就是不能赶我走！"

她等了他那么长时间，才将他给盼到，哪里会眼巴巴地看着他从自己身边溜走。

"可以做任何事？"男人华丽的嗓音性感无比。宋清欢耳朵根烧红起来，声音也低了下去，喃喃道，"如果你想，可以的。"

钟梵睨视她一眼，没再说话。

拍戏空余，时懿和林淮南手牵手逛街，像是最平常的一对情侣、夫妻，看中好玩儿的、好吃的，时懿只管拿，林淮南随手付钱。

"这个是……蝎子？"时懿快步走到一家出售稀罕宠物的店铺前，透过透明玻璃看着里面敏捷爬行的蝎子，兴致大起。

漆黑的眼眸里满是惊喜，下意识摸着自己脖子上的项链。

"是蝎子。"店铺老板从里头缓缓走来，约是四五十岁的中年男子，嘴角和眼角爬上不少皱纹，人看着亲切随和。

"淮南，我们养几只做宠物。"

时懿目光还不肯从那些蝎子上移开，小手扯了扯林淮南的衣角。

"嗯，但是饲养它们的活，只能由我来做。"林淮南将她的小手裹入自己的掌心，眼底泛起阵阵温情。

老板笑了笑："你们可要想清楚了，蝎子表面温和，体内却隐含剧毒。触怒它便会以尾部的钩子蜇人，并将毒液注入人体内，是一种相当危险的毒物！"

时懿眉头皱了起来："还是算了。"男人肯定不会让她饲养，他亲自喂养，她放心不下。

林淮南眯了眯眼，望上老板："别吓唬她！"

"嘿，小伙子，还挺疼你女朋友的。连开个玩笑都不行。这里的蝎子没毒，否则我也不敢养啊！"

时懿嘴角抽了抽，他这么开玩笑，就不怕将客户给吓跑了？

"淮南，我真的不想买了。"时懿淡淡说道。

老板笑不出来了，那哪能行啊，他真的开玩笑的！

"老板，你得罪我老婆了！"林淮南知道她真正不高兴的是"女朋友"三个字。

"小俩口啊？"老板惊讶喊道，"新婚？"

"快三年了。"

"真爱啊！"

……

时懿和林淮南嘴角同时抽了抽。

"嗯，真爱。"男人还能气定神闲地回答。

最后，两人还是买了十只小蝎子放在玻璃箱里带了回去，老板人也挺好的，给了他们一本手抄的小蝎子照料的方法和环境要求。

钱！钱！

不够，还是不够！

盯着T台上花枝招展的女人，暗处的人眼神儿跟着阴冷三分！

即便是出卖身体，她也混得不过如此！

有些人，生来命贱！

走完秀，安娜扭着腰肢往自己单独的梳妆间走去，关门对上女人那双阴鸷吃人的视线。

"你、你怎么又来了？"她都已经给了她十万了，她还想要干吗？

"你赶紧走，否则别怪我喊人进来！"

那人笑了出来，空气里充斥着淡淡的寒意："你喊喊看，看她们是信你还是信我！"

安娜退了一步："你到底想干什么？"

"如果是再来借钱，我想我以前给你打十万的时候已经说得够清楚了，那是最后一次！"

"不，不是钱的问题。"那人又笑了，笑得安娜头皮发麻，心底悔得要死，当初，就不该信了她的鬼话，和她合作！

结果时懿没整到，还搬起砖头砸了自己的脚！

"时懿现在不接活，可她不接的活儿还是不会找上你。我就在她身边，那些人可都这么说了，宁愿将拍摄期拖上几个月，少赚一点儿，也要等到她的档期！"

安娜当即妒了！

"怎么，你还有什么法子？"

她出的馊主意，也就第一次巨蟒起了些效果，其他的连时懿半根头发丝都没伤到！

"法子是有，一招致命！"

"你说说看！"

"十万！"

安娜嘴角抽了抽："你还要不要脸了？"

那人像是没听到，缓缓说道："你不想要，我可以卖给其他人，模特圈里最不缺的——就是人！"

说完，抬脚走人。

"等等——"安娜犹豫再三，喊住她，"十万就十万！"

倘若能除掉时懿这个眼中钉，到时候红票子有的是！

"好，钱到账了，法子自然给你！"

……

林淮南照顾起人来很有一手，照顾起蝎子来也是一把好手。

"Neil给我发了消息，他和白浅浅在一起了。"

阳光透过大大的落地窗照射进来，时懿双手撑在沙发上，痴痴地盯着一旁在沙子里的小蝎子。

小小的，又很脆弱，但他们带钩的尾巴以及顽强的生命力，无一不在向人展示他们是特别的。

林淮南淡淡应了声，大手强势将时懿身子扳正，揽入怀中："你再看，他们还是那样。"

"现在除了拍戏，除了肚子里的肉，你最上心的就是蝎子了。"

男人俯身咬上她的耳垂，力道不轻不重，只咬得时懿内心酥软发麻。

"没出息。"时懿嘴角弧度弯了弯，他不是和自己的孩子吃醋，就是和一群蝎子较劲儿！

林淮南哪里肯轻易饶了她，嘴巴又堵上她的红唇，同她纠缠一番这才放过了她。

"你该回去了。"时懿黑眸镀上一层水色，亮晶晶的，很是好看。

"嗯，你舍得吗？"林淮南笑了笑，他没有特殊爱好，但瞧着自己女人眼底分明的不舍，还是忍不住想要逗逗她。

"不舍得！"时懿深深呼了一口气，口吻斩钉截铁。

舍不得眼前宠她入骨的男人！

这些天她像是一只跌入蜜罐里的小老鼠，一翻身就在糖里面，以至于到了拍摄现场，她的脸上还是带着隐隐的笑意。

那笑意有些碍眼，钟梵见了不太想和她说话，宋清欢也是垂下眼眸不去看她。

只是，在扮演灵音这个角色时，才让她犯起难来。

灵音一生清苦，在影片里戏份不多，但每条都是苦情戏，她有时候情绪一时没把握得住，谈不上笑场，只是会让她觉得自己有些过了。

她要是没演出这个角色的深沉，便是打了钟梵的脸。

"我现在的身子还不错，用不着多担心的。"

"唔——"

林淮南低头重重亲了上来。

"林淮南，你这样，会让我在爱里死去。"

一个人，最幸福的，不过是和心心恋恋的爱人耳鬓厮磨、相濡以沫。

"胡说八道！"男人做出一副凶相，干巴巴地捏了捏时懿精致的鼻梁，力道轻得很。

时懿忍不住抬脸，佯装去咬他的手："嗯，即便真的会死，我也是开心的。"

"……我也是。"

男人身体紧了紧，眼底猛地蹿起一丝暗火，跟着呼吸粗重起来："我去下浴室。"

"啊，嗯。"

时懿喉咙紧了紧，等到耳边传来汩汩水声，这才反应过来，脸颊一红，耳根子发烫。

拿起手机，时懿翻开通信录，目光在"慕千寻"一栏流连，最后只是轻轻叹了口气，又将手机放了回去。


钱款汇了过去，安娜打通电话。

"喂，钱收到了吧？"

"嗯，收到了。"那端情绪低沉。

安娜也不想和她绕圈子，开门见山："说吧，价值十万的秘密。"

"……时懿这个人，外头流言再大，伤不了她半分。她那个自私的女人，只在乎自己放在心尖上的。"

"你到底想说什么？"要钱的时候，倒是干净利落。

"如果，你能从她身边抢走林淮南，那么对她而言，就是致命一击。"

"……你耍我！"

安娜沉默了片刻，咬牙切齿。

林淮南那是个什么样的人物！

她要是能勾搭上林淮南，还至于累死累活地去做模特嘛！

"我告诉你，你别真的把我当成傻子耍，十万块你立马打给我！"

电话传来女人阴冷的声音，充满了阴谋和算计："你那十万，给的是我教你的法子，没有说告诉你如何勾引林淮南。"

安娜算是彻底听出她的意思了："怎么，你还想着我再给你十万？"

"你可以给，也可以不给！"

"你——"

这女人的心思怎么这么深啊！

安娜呼吸急促，心里开始快速盘算着："十万我也不缺，但是这次我现金给你。"

"哦？"

"你到我家，一手交货一手交钱。"

"……可以。"

"明晚九点，我在家等你。"

……

没戏拍的时候，钟梵在酒店的房间里酩酊大醉，醉生梦死。他喝了很多，大脑的意识却愈发清晰，煎熬着他每一根神经。

醉意浮上眼角眉梢，光影凌乱，隔着厚重窗帘的一角透过来的一米阳光，静静地落在钟梵那张妖孽邪魅的脸上，刹那妖娆生姿，明灭生艳。

我父母，两年前在一场车祸中丧生了。

你登机不久，我还没走出机场，就接到警察打来的电话。

那天，母亲心情很不错，开车去接父亲下班，可又有谁知道下一秒钟的情况呢。

那、那幢办公楼，叫什么？

Keynsham 市政中心办公大楼。

Key……

拂去脑海里同懿的对话，钟梵从床底翻出日记本，解开密码，时间落在了 2014 年的那个夏天。

手指——抚过上面潦草的字迹，钟梵只觉得指腹生热，热流沿着血液一直滚到他的眼底，涩涩的、烫烫的。

以前，他不信命！

现在，他好像信了一点儿！

没办法放心钟梵，宋清欢做了些他喜欢吃的糕点去敲酒店房间的门，敲了半天，里头没有半点儿动静。

他这些天准时到片场，拍戏一条过，再激烈复杂的表演亦能被他淋漓尽致地表达出来。

这样的他，未免厉害得有些太恐怖！

宋清欢眼神暗了暗，去酒店工作人员那里刷脸取来房卡，推门走了进去。

房间里充斥着浓烈的酒气，呛得她连连咳嗽，好一会儿才适应，提着手里打包好的糕点避开地上的空酒瓶小心走了进去。

大致扫了一眼，三十多瓶啤酒！

宋清欢是在床脚下发现钟梵的，已然醉得不成样子，难怪他每次去剧组都带着一身酒气，她那时还以为他是为了演戏。

"钟梵——"

宋清欢呼吸一窒："你怎么了？"

旁人只道他薄情，可她却是明白的，他是真正靠情感过活的男人！

"你是不是知道时懿结婚了？"

除了这个，她想不出其他的。

手指抚过男人妖孽艳丽的面容，无力下滑。

视线一路往下，落在男人手心里紧紧攥着的本子闪了闪。

她知道那应该是一个笔记本，有关他的秘密，有关他的灵魂。她看了便是侵犯他的隐私，也意味着要承担风险。

缓缓抚上笔记本，宋清欢心跳如雷，面红耳赤，神色不安地将笔记本从男人的手心往外扯，没扯动。

她知道自己不应该再继续下去的，可倘若那个人是钟梵！

宋清欢微微调整了下呼吸，擦掉手心里的汗，沿着本子边缘一点一点地往外抽。

"呼——"

顺利拿到本子，宋清欢这才发觉自己的后背早已被汗水打湿，手指僵硬地将本子调正方向，只一眼，宋清欢瞳孔猛地瞪大，一滴圆滚滚的泪水从眼眶里掉落，啪地打在纸页上。

怎么会是这样——

不，她不要再看了！

颤巍巍地将本子重新塞到钟梵的手里，宋清欢一遍一遍地自我催眠，是幻觉！

一定是幻觉！

这不可能的！

她什么……也没有看到！


安娜死了，额头破了一个洞，流了很多血。

时懿看到报纸时，捏着报纸的手指泛起青紫，入室抢劫，模特抢救无效身亡。

"到现在，还想包庇她吗？"

林淮南将报纸从她手里拿走，大掌抚上时懿后背，平复她的情绪。

"你怎么知道是她？"时懿敏锐地捕捉到他话里的那份深意，眸子倏忽亮了起来。

"安娜，借给她不少钱。"

债务纠纷。

"另外，她们曾经沆瀣一气想要瓦解你，现在窝里斗，不难想到。"

"……你是不是有对策了？"

林淮南点了点头："是，但是需要你配合。"

"这些信息，警察很快也能查得到，如果她没杀死安娜，那么你也是从侧面证明她的清白。"

时懿呼吸加重，顿了顿，抬头亲了亲男人下巴。

"嗯，我配合。"

但愿，她做的这一切，最后是还她一个清白。

慕千寻额头青筋突突直跳，像是有什么不好的事情要发生，这么一想，顾不得手里饭盒，快速奔向若若的病房。

"砰——"

饭盒从掌心滑落。

床上没人！

若若——

"若若！"慕千寻低低喃道，神色处于崩溃的边缘，全然不见平日里的冷静自持。

一转身，目光对上了一双深沉的眼睛。

时懿——

"你、你不是在拍戏吗？"

慕千寻瞳孔瞪大，心脏漏了一拍。

"安娜出了事，事发于我，我能不回来吗？"时懿将视线从她身上移开，淡淡地开口走到她的身边。

"若若，很聪明的孩子。"顿了顿，时懿说道。

提到女儿，慕千寻眼泪没能控制得住，湿了眼，似想到了什么，厉色看向她："你怎么知道她名字的？我女儿，是不是你带走的？"

"是！"

时懿直直地看向她，神色坦然："我现在被警察误以为是杀死安娜的凶手。你是知道我的，我向来斤斤计较，如今凶手这么害我，你觉得我能咽下这口气？"

"那你为什么不找凶手，反倒来找我女儿算账？"慕千寻心头真的恨到了极点。她糊弄三岁小孩子可以，但忽悠她还嫩了点儿。

她PS的行程表，漏洞百出，不过是想误导媒体的视线，同时用公众的流言毁掉她！

"嗯，的确不该。"

时懿笑了笑："但是我总归要给自己一个清白，也就不在乎什么手段不手段了。"

"你什么意思？"

女儿，是慕千寻最大的破绽。

时懿不傻，短短几句话就可以判断出来。

"她得了白血病，没有匹配的骨髓，是活不长的。我什么都不要做，将她关进一间黑屋子，不闻不问就可以。"

"而你，会找到她的——尸体而已！"

"……不！"

慕千寻红了眼，怒火攻心："时懿，你敢！"

"我既然能杀死安娜，我就敢杀了你！"

……

话音刚落，慕千寻晃了晃神儿，再次回神儿对上时懿那双阴沉的眸子，这次知道自己中计了。

"你骗我？"

"你说的，都被这支笔录下来了。"

从口袋里掏出录音笔，时懿脸色喜怒难辨。

"那我女儿呢，她到底在哪里？"

"她很好。"

"你别骗我！"

将录音笔放入口袋，时懿轻轻道："没骗你。"

"淮南他,利用人脉帮若若找到匹配的骨髓。故意不让医生说这事儿,就是为了让你着急。"

就是她也没想到,他的心思竟会藏得这么深。

"医、医疗费呢?"

慕千寻表情有些呆滞。

"自然是由他出。"

……

"千寻,我不懂!"

只消一句话的事情,她却将这件事处理得一塌糊涂,最后搭上自己。

"哪里不懂?"

"你可以向我开口的。"

她并非见死不救的人,再说,若若她也很喜欢!

"向你开口?"慕千寻良久才找回自己的声音。

自误杀安娜之后,她就感觉自己的头顶上悬着一把剑,那把剑,指不定什么时候就从头顶上掉下来,将她给砍了。

她不怕,但唯一割舍不下的,还是她的女儿。

如今到了这一步,总算心安了些。

"时懿,你什么时候看得起我过?"活到这个地步,她也不想再掩着藏着了,太累、太累了!

"我让你打理人脉你去了吗?你跨过我直接和影片公司签署协议,你考虑过我的感受没有?那么多的国外代言,你说推就推了,你知道外头有多少人笑你傻?还有林淮南,你丈夫,辞退我的时候又想过我的感受没?"

是,她的确是有资本!

长得漂亮,又有势力,可凭什么好处都让一个叫时懿的人给得了去!

她就一个女儿!

老天爷还想将她给剥夺掉!

"巨蟒的事，是我煽动安娜做的，但当时我只想将你炒作起来，没别的意思。"双手掩住自己泪流不止的面容，慕千寻的声音陡然多了一份委屈。

中途她还是怕了、虚了，赶去找林淮南帮忙！

"可惜，她太蠢了也太吝啬了！"再次提到安娜，慕千寻眼神多了一份狠厉，"她下海做那档子事，别提有多赚钱。我不过就是想向她借一点儿钱，她不借。"

"可我从来没想过要杀她，时懿。"

"时懿，你相信我吗？"说到最后，慕千寻声音低了下去，喃喃的，像是一个无助的孩子。

时懿眼睛不知何时也红了起来，声音哽咽："那你信我吗？"

"我和淮南，并没有想要辞退你！"

她的尽心尽职，她看在眼里。

林淮南给她那笔钱，和她商议过的，她默许的。

她当时只想让她好好休息一下。

"……那为什么，给我那么多钱？"

"你省吃俭用，我知道你缺钱，便让林淮南多给你一些。"

慕千寻深深闭了闭眼，泣不成声。

"时懿，你知道吗？"

"嗯？"

"以前的风光无限，到现在手里只有你一个艺人的事。"

时懿点了点头，她听过流言。

"以前我出差频频，顾不上家里。"

"杜连，我前夫，因为我的工作暗地里捞了不少好处。有些不要脸的女模特，趁着我出差勾搭上了他，再由他向我耳根子吹软风，让我带她。"

"安娜，就是其一。"

"不过我并没有撞破他们搞在一起，而是撞见他和另外一个女模特上床。我心痛，闹离婚。谁知若若突然晕倒送进医院，查出了白血病。"

"我当时，连死的想法都有了。"

"也就是那时，杜连突然松口同意离婚。我万念俱灰，想着离就离了吧，协议看都没看就签了！"

"就是那一个名字还有日期，我让我自己净身出户，只留下若若跟我生活。"

没有钱，没有匹配的骨髓，她们母女俩，在这个冰冷的世界里，寸步难行！

"……之后，你要我再相信人，我做不到！"

真的做不到！

时懿呼吸窒了窒，半响，道："我会帮你照顾好若若，直到你出来。"

慕千寻眼前模糊，最终轻轻点了点头："谢谢。"

她知道，警察在来的路上。

"叮——"

兜里的手机响了起来。

时懿心底突然闷闷的，掏出来看了眼，国外的。

按下接听键，时懿听着听着，脸上血色褪得干干净净。


林淮南从没觉得有一段路，自己可以走得那么长、那么久。

从监控室出来，短短十五分钟的路程，却生出走了十五天的心路历程。

推开门，空气里流淌着甜甜的血腥味，慕千寻跪坐在地上。

林淮南目光落在女人毫无血色的脸上，以及下身源源不断的殷红色的鲜血，瞬间将男人的眼眸染红。

"不、不是我推的！"

那么一瞬，慕千寻竟发现她还是怕的，怕眼前的这个男人！

男人脸色沉得可怕，全身上下的线条都是硬的，薄唇紧抿透着凛冽的寒意，大步走来，看似强硬的动作触碰到时懿那瞬间蓦地柔软起来。

天性凉薄的人，爱起来，浓烈深沉到摧枯拉朽的地步。

不幸的是，钟梵亦是。

更不幸的，是她爱上了这样的男人，死心塌地。

宋清欢身子蜷在沙发里，手机的电话簿翻来点去，最后落在"哥"的一栏，滑了进去。

"哥——"宋清欢眼睛微微发红。

剧组里的戏份，她快要杀青了，最后的一场戏，是她和时懿的。可偏偏这个接骨眼儿上，时懿向组里告了假。

时懿一走，连带顺走了钟梵的心，她呢，只能跟着难受。

"嗯，我没事。"

她没指望能从她哥那里获得多少慰藉。

第一，他不会安慰人；第二，他娶了钟梵的心上人。

发了好一会儿呆，宋清欢动了动手指，点击"亲爱的"一栏。

"钟梵，嗯，我清欢。"

"陪我去……看看我嫂子，她住院了。"

孩子真是个脆弱又顽强的存在。

时懿在床上躺了一个月，每每抚上自己的肚子，眼神儿总会紧了又紧。

林淮南几乎将他的办公室都搬到了她的病房，每日除了办公，剩下来的时间悉数给了时懿。

对于女人这般不懂照料自己以及腹中的胎儿，林淮南只字未提。

时懿看在眼里，记在心上，眉眼间的凝重日益加深。

期间，时懿想去看看杜若恢复如何，林淮南不依，时懿也没再吭声，闭上眼睡觉。一觉醒来，却见杜若就在床侧，一旁是她的病床。

"若若。"

杜若光着圆溜溜的脑袋,小心翼翼地抱了下时懿,小女孩身上的奶香味很甜,顺着时懿的呼吸甜到了心坎里。

"姐姐,叔叔说你有了宝宝。"

叔叔——

时懿目光闪了闪,迎上身后男人投来的一双沉黑的眸子,嘴角忍不住微微上扬。

"嗯,是哥哥的。"伸手摸了摸杜若的头。

杜若瞪着水润润的眼睛,问道:"哥哥是谁呀?我还以为是叔叔的呢!"

······

扭头,小丫头片子冲着林淮南甜甜喊道:"叔叔。"

时懿看到,林淮南的脸一下子黑了。

"你知道哥哥在哪里吗?"

······

时懿和林淮南默契地嘴角抽了抽。

"若若,你怎么叫他叔叔?他看上去很老吗?"

"不是很老,就是叔叔一直板着脸,很严肃。"

······

林淮南危险地眯了眯眼,似感觉到身后隐藏不住的杀气,小丫头身子往时懿怀里靠了靠。

医生和时懿说可以下床活动活动,时懿便领着杜若去了慕千寻所在的监狱。

慕千寻与往前相比性子变了不少,人沉默了下来,少了一些往日里的尖锐,看到女儿红润的脸庞,只是一个劲儿地哭。

杜若困惑地上前抱住她的小腿,细声细语地安慰道:"妈妈,不哭,不哭。"

"嗯,妈妈不哭。"

良久，慕千寻才将情绪整理好，抹着眼泪望向自己的女儿，心底到底还是漾着一缕欢喜。

"若若，妈妈、妈妈要去很远很远的地方打工，那边很忙，没办法常常看你。你不要闹脾气，也不要怪妈妈，好吗？"

哽咽数次，慕千寻断断续续地说着，时懿站在后面听着心里也是发慌得紧。

"嗯，姐姐说她会照顾我的！"杜若弯着眼笑眯眯道，"我会乖乖的，直到妈妈回来找若若。"

"而且妈妈，我跟你说哦，姐姐就是之前我和你说的生病的姐姐，她教我认字陪我玩儿的。"

"……嗯。"

慕千寻眼泪又掉了下来，时懿看着她这样，也只是静静地望着她。

安慰，这个动作，她做不来。

"时懿——"

"嗯。"轻轻应了声。

"感谢的话，我就不说了，我知道你不稀罕。"

慕千寻扯了扯嘴角，深深吸了一口气，缓缓说道："你是个很有天赋的模特，我却不是一个好的经纪人。"

"所以，没我扯你后腿，我希望你能想清楚一点儿，模特于你，到底是什么？"

"是一份可有可无的工作，还是你以后可以为之拼搏奋斗的事业？"

"假如是第二种，我相信，你会成为中国第三个戴着天使翅膀站在维密的T台上的人。"

……

维密、天使、翅膀——

时懿细细地想着，没有说话。

监狱里有些冷，从里头出来好一会儿，时懿仍觉得身上透着一股寒意，凉凉的。

直至杜若的小手探入掌心，时懿眼睛倏忽明亮起来，小女孩的手掌仍旧温温的，大抵她的心是热的。

病房的走廊上，林淮南远远地站在尽头，微垂着眉眼，指尖亮着红色的烟头。

时懿拍了拍杜若的肩头，杜若抬头看过来，时懿俯身半蹲身子，轻轻道："若若，去花园里玩一会儿。"

"记得，回来吃午饭。"

"是不是我们没带叔叔去玩儿，叔叔生气啦？"小家伙贼贼地转着眼珠，掩着嘴巴小声说着。

时懿点了点头，如实道："嗯，是的。"

还有一点，她临走时，没有同他打声招呼。

自她第二次让孩子置于危险之中，自己的牙齿都是林淮南给刷的，上厕所、洗澡也是。

见自己说中了，杜若咧嘴一笑，像阵风般地跑远了。

时懿这才将视线重新放到他身上，不慌不忙地走上前。林淮南冷眼瞧着她，见她近了，将手里的烟头捻灭，扔进一旁的垃圾箱。

"淮南。"

清清脆脆的一声，林淮南的怒火已然平静下来。

大步跨上前，捧住时懿的后脑勺，俯身亲了下来。只亲得时懿气喘吁吁，头昏脑涨，他才松开她，随即又开始轻咬舔舐着她的耳垂和脖子，只令她从身体到心，慢慢酥麻起来。

男人浑身透着淡淡的烟草味儿，不是很刺鼻，只让时懿觉得好闻。

蓦地想起往事，时懿心里涌起感慨来。她觉得不可思议，细细流水般的日子里，她和林淮南之间，原来已经有了那么多共同的回忆，身体的、心里的，交缠在一起，分不清哪个较哪个更多一些。

只是再深处，她却不敢想下去。

那里，是她这生的障，不敢碰，不敢想！

"回来就好。"

男人隐下眼底的情绪，大手一遍一遍抚着时懿顺滑的发丝。

"以后去哪里，要告诉我。"

她总是这样不按常理出牌，这种被人反复考验耐性的错觉，让他很是不舒服。

如果某一天，她真的逃了，逃到他找不到的地方，他该怎么办？

"……好。"

时懿默了默，反手环住他的腰，解释道："我会尽快赶回来的。"

医生同意她离开一会儿，他在公司，她不想要他太累。

事后，杜若发了烧，又住进了医院，时懿这才真正知道自己错了。幸好，杜若没什么大碍，只是仍需要住院观察一段时间。


英国，窗外下着淅淅小雨，天色阴沉得厉害，光线也跟着暗沉，透过玻璃，软绵绵地停驻在靠窗的书桌上。

时师眼底聚着暴风雪般的雾霾，死死地盯着电脑屏幕上的画面。

那是一位拍客早前通过手机拍的，为了参加英国当地举办的"惊险十秒"秒拍比赛翻出来发在网上。

这段视频在英国疯狂流传，惊动了警察，乃至皇家贵族。

地下车库视野不太好，拍得有些模糊。一个全副武装的黑衣男子动作利索，仅仅使用了八秒钟，在车上动好手脚，并成功避开摄像头。

后面的画面，是参赛者从以前的新闻视频上剪辑下来的，短短两秒钟，却是点睛之笔，成功地令所有观看者毛骨悚然。

那是他父母发生车祸的现场！

车牌号，一模一样！

时师将这段视频翻来覆去地看，眼睛早已红肿不堪。

没有！

一点儿有用的线索都没有！

除了大概能判断出那是一个东方人的面孔！

即便当时留了线索，时隔两年，大概全部都被时光给掩埋了！

想到这里，时师愤恨地砸拳，情绪有些不受控制。

他没有忘记，姐姐一个人从天亮哭到天黑，差点儿连眼睛都没保住。

当时的他，就像是一头被放置囚笼里的狮子，凭着一身蛮力用身体撞得头破血流、气息奄奄，最后的最后，脑海里回旋的，就只有姐姐低低的哽咽，还有红肿的眼睛。

一时，小狮子身上蠢蠢欲动的暴戾因子被全部唤起。

"叮——"

电脑屏幕接到一个视频请求。

小狮子缓缓睁眼沉眉望了过去，是浅浅的。

"咔——"

鼠标移向拒绝。

电脑另一端的白浅浅怒了，不死心地又给拨了去，来来回回，拨了七次，小狮子才同意视频。

白浅浅开心没过三秒钟，就被画面里小狮子身上的阴沉给震慑得说不出话来。

"Neil？"

小狮子只是看着她，也不说话。

大概是白浅浅这番呆滞的模样逗乐了他，小狮子眼底总算慢慢溢出一丝温度，开口道："嗯，浅浅。"

"你是不是被人……霸凌了？"白浅浅后知后觉地摸了摸鼻子，她在网上看到不少这类的帖子，东方面孔的人在国外很容易吃亏的。

小狮子嘴角抽了抽，直觉告诉他，那不是一个好词："什么叫霸凌？"

"就是发生在校园里的，有人看你不顺眼，要打你！"

"……没事别乱逛那些贴吧。"

"哦！"

看来不是被霸凌呀！

白浅浅嘟着嘴巴应道。

随即冲着摄像头眼睛一亮："这样吧，我来逗你开心！"

"不要！"小狮子冷冷地拒绝。

白浅浅怔了怔，有些不知所措。

这样的他，冷得让她感到陌生，一时连打趣他的话也不敢说了。

蠢货！

小狮子暗暗在心里骂着，轻声道："你不是小丑。"

"你是我的女朋友！"

……

白浅浅呼吸放缓，眼睛一眨不眨地望着屏幕里的男人，猛地血液上涌，脑子一热，身子前倾作势吻上去。

"哐——"

滚动轮椅受惯性作为，幕地后倾，白浅浅还没来得及亲吻屏幕，便被这力道摔了过去，一头栽在了地板上。

小狮子无奈扶额，电脑屏幕上，只剩下两只不停抽搐的大白腿……

"呜呜，Neil，我疼！"捂着鼓着小包的脑袋，白浅浅可怜兮兮地伸手爬向桌子，重新坐回椅子上。

"蠢货！"

某只狮子眉眼间流淌着笑意，白浅浅被自己给蠢哭了，但看到男人脸上的笑意，蠢蠢地笑了。

# 第七章

钟梵新戏《樊城日记》也接近杀青。

宋清欢前去探班，他正在拍戏，身上穿着一件破旧的白色衬衫，没有打领带，领口处两颗纽扣未扣，锁骨隐隐露出，魅惑的姿态与拍对手戏的演员形成强烈对比。

她有时真的不懂，为何有一个男人能这般妖孽？

饶是连她这个女人，也望而却步。

"清欢姐，又来探班啊。"场记的一个小姑娘瞧见了宋清欢，眼睛眯成月牙，宋清欢可是她的梦中女神呢！

像她这种在剧组里打杂的人，看惯了明星粉底下粗糙的皮肤，镜头下扭曲的性格，但是宋清欢一如其名，清清爽爽、干干净净的。

"嗯，没打扰你们拍戏吧？"宋清欢笑得极为好看。

小姑娘瞬间被迷得七荤八素，连连摇头："没有没有，梵哥这场下来就结束了。"

"待会儿组里要一起吃夜宵，正好一起去嘛。"

宋清欢仍是笑，没有点头也没有摇头，目光看向镁光灯下的钟梵，心里缓缓淌过一股心酸。

这世上，假如真的有断情草，可不可以给她一株？如果没有，她在他给的情殇里，跌宕沉浮，还能撑多久呢？

夜深月明，宋清欢终是抵不住漫漫长夜，在工作人员的帐篷里睡了过去。

"梵哥，清欢姐在里头睡着了。"戏一结束，小姑娘走到钟梵身边递给他一瓶柠檬水。

钟梵眸子微闪，接过柠檬水："她睡哪里？"

"左手边第三个。"

"嗯。"

心底揣着事儿，宋清欢睡得不是很踏实，像是心电感应般，身上那道阴影扑下来，她便睁开了眼。

抬眸，对上男人漆黑魅惑的眼。

"结束了？"宋清欢眯了眯眼，露出八颗洁白的牙齿。

钟梵俯身蹲下，大手禁锢住女人的腰肢，将她拉到面前，两个人之间那么近，近得只要她微微一低头，就可以触碰到他淡粉色的薄唇。

宋清欢呼吸紊乱，眼睛却愈发明亮，一眨不眨地望着男人魅惑的脸，傻傻道："你真好看。"

"宋清欢，你怎么还执迷不悟？"钟梵语气轻得可怕，嘴角勾着若有若无的弧度，眼神儿却没什么温度。

那么一瞬，宋清欢眼角红了："我的理智已经大彻大悟，可是我的心好像越陷越深了。"

"我没办法让它不去想你、不去爱你，尽管我已经不太想让它这样。"

宋清欢眼泪掉了下来，在没有遇见他之前，她从来没想过自己会贱成这样。她喜欢他喜欢了七年，任凭流年转，时间移，宋清欢对钟梵的这一场执念也好，深情也罢，都没变。

钟梵指尖被她滚烫的眼泪烫到，热流沿着手指一路下滑淌入他的四肢百骸，连带着心房狠狠一颤。

一把扶住宋清欢后脑，钟梵低头重重吻下。

宋清欢缓缓闭上眼，她不可能拒绝他的，只消他一个眼神儿都能让她死心塌地，更何况是他给的温度。

"和我在一起，好不好？"一吻完毕，宋清欢媚眼如丝，气息不稳，手指攥住钟梵的衣服。

她就是，不想给自己一条回头路。

钟梵眼角生情，眉梢仍透着拒人于千里的冷漠，低头喘了一口气，抬头淡淡道："好好休息。"

"钟梵——"

"宋清欢，我不会去抱一个自己不爱的女人！"钟梵直起身，掀开帐篷走了出去。

宋清欢狠狠地颤抖了一下，唇色发白。

她一直都是知道的，钟梵对待感情，是何其的深重和偏执。

而她，始终都没能入得了他的眼。


剧组里导演给时懿打来电话，让她拍完她该拍的戏，杀青。

时懿同林淮南提了一下。

"……你能保证，孩子不会出事？"其他的，男人一个字也不多说。

时懿忽然觉得嗓子有点儿干涩，一股酸楚迅速从胸腔上升到眼眶，泪意一闪而过。与此同时，心口好像有一个地方，隐约迅速地崩塌下去。

最后一场戏，灵歌为了登上后位，消除整个大玥国的疑心，唯一出路便是向灵音下手，邀请她单独赴宴。

灵音虽知自己此去无回，却还是应下，携着自己的古琴欣然前去。

琴瑟相合，长裙飘舞，佳人遗世独立。

时懿少拍的镜头，便是饮酒成全了灵歌，将自己最后的一丝爱给了出去。但是现在她拍不了，导演也没敢纠缠于她，最后原创作者发话。

就这样，挺好的。

电影，这才正式杀青！

出了院，时懿几乎又回到最初的时光，除了去医院看望杜若脸上会挂着笑，很长时间低眉垂睫，开始重新拿起画笔，在白纸上"沙沙"作画。

画纸上勾勒的不再是花花草草，而是换成一只蝎子。

林淮南合上手里的书，从书房里走到卧室，时懿蜷在飘窗台上，露出如玉的侧脸，细碎的光线落下来，煞是好看。

天蝎座有一种与生俱来的神秘感，乍寒乍暖的态度与处世方式很难让人捕捉到她们内心的真实想法。

想着书里对天蝎座的分析，林淮南黑眸漾起浅浅的笑意，的确，很符合小蝎子，也很符合他的性格。

林淮南记忆力惊人，略略一思索，刚才所看的文字——浮现在脑海。

双面的性格，尤其是在天蝎女身上表现得尤为淋漓，她们很可能前一秒钟还跟你柔情似水，对你千依百顺，下一刻就会莫名其妙郁闷起来，甚至对你不理不睬，让你觉得完全摸不着头脑。

这个，真是太对了！

林淮南上前伸出双手从后禁锢住时懿的双手，从背后看着她光洁如玉的侧脸，忍不住低头在她发上、脸上、脖子上，吻了一遍又一遍。

时懿起初眉头皱得厉害，男人像是大型狗狗舔着她的脸颊，却也只是一会儿，身子在男人滚烫的怀里慢慢放松下来。

"明天我们去看海好不好？"

远远看去，只有男人高大的身躯立在飘窗旁，从近看，才能看到在他胸膛里的时懿。

林淮南将时懿手中的画笔抽走，连同画纸抛向飘窗里面，细细把玩着她的手指，时不时还亲了亲。

时懿眸子闪了闪，眼底有了微微湿意："林淮南。"

"嗯。"男人滚烫的气息喷洒在时懿的脖颈上。时懿心脏缩了缩，"我跟你说过的。"

"我现在……好像又犯病了。"

她以为好了的抑郁，只不过是蛰伏在她体内，悄悄等着某天、某事、某人死灰复燃。

"其实，我不太能控制得了我的心情。"

像是魔怔了一般，四周所有的声音所有的人物全都从世界里淡化下去，脑子里陷入无尽的混沌，心情低落到谷底。

"抑郁症，以情感低落、思维迟缓，以及言语动作减少、迟缓为典型症状，约百分之十五的抑郁患者死于自杀。"

林淮南将时懿调了一个位置，直直望进她的眼底："和我在一起，你有想过自杀？"

自杀——

时懿怔了怔。

没有！

和他在一起的每一刻、每一分、每一秒，她都没有过这个念头。

可她，以前是有过的！

时懿咬了咬下唇，精致的五官皱在一起。

林淮南不敢，也不想再逼迫她，他清楚她心底有个坎儿。

时父时母的离世，带给时懿、时师的痛楚和震撼都是致命的。

但是没关系，第一次他缺席了，这一次，无论发生什么，他都要守在她身边，护她一世无忧。

海边到底没有去成，林淮南在时懿的默许下，带她去看了心理医生。

抑郁症的孕妇，胎儿的情况很是复杂，后果严重的话会对胎儿产生副作用。

时懿不敢耍性子，听话地坐上林淮南的车，一路上摸着自己的肚子，靠在副驾驶的头枕上昏昏欲睡。

进了医院的心理门诊折腾一番后，时懿以为可以回去了，却又被林淮南拉着重新做了一番检查。

偏偏她对于他给的理由硬不起心肠。

孩子，她和他的孩子！

"很累？"林淮南将她打横放到病床上，俯首亲了亲她的额头。

时懿闭了闭眼，气息有些不稳："嗯。"

一套一套的检查做下来，她只感觉骨头架子都被人给拆下来又给重新安装上去，酸死了。

"我去拿体检报告。"

"好。"时懿慢吞吞地说道，掌心摸向肚皮，身子偏向一侧很快睡着了。

医生办公室敞亮，光线充沛，窗台和地上摆放了不少植物。

林淮南眼底一片火光，骨节分明的手背隐隐泛起青白色，捏着那份检验报告。主治医生被他骇人的脸色吓得大气都不敢喘，甚至连呼吸都减缓，好将自己的存在感降到最低。

胎儿脐带缠绕。

"一定要这样？"男人浑身上下透着生人勿近的冷漠。

主治医生身子狠狠哆嗦了一下，牙齿打战："还、还有百分之十。"

"留下孩子，最坏的结果是什么？"林淮南眼底流淌着不轻易流露的焦虑神色。

主治医生额头滚下一颗汗珠，穿在里面的衬衫贴在后背很是难受。

"最、最坏的是母体受损，一尸两命。"

……

林淮南深深闭上眼。

小蝎子。

你真的太会折磨人了。

从体检回来，林淮南似乎有些不对劲儿。

这种不对劲儿，一般人很难发觉，尤其是像林淮南那般深沉内敛的男人，就更难发觉。

偏偏，时懿察觉出来了，那股不对劲儿化成心底的不安，随着时间推移慢慢从小小的圆圈化作层层涟漪荡漾出去。

后来林淮南的态度明显忽近忽远、忽冷忽热，应酬突然多了起来，深更半夜回家更是常事。

时懿心底有些不是滋味。

女人怀孕期间，往往是男人出轨的高峰，可她到底还是不太愿意相信，林淮南竟会是那么肤浅的男人。

这晚，林淮南还是迟归，给她打了一个电话要加班。

时懿没有按照往常洗澡上床睡觉，只是蜷在沙发一角，眼神漠然，在漆黑的夜色里攥着胸前的小蝎子。

也许，天底下的男人都是一个样的。

林淮南，也不例外。

"回来了。"时懿被男人滚烫湿漉的亲吻闹腾醒了，掀开眼皮的那一瞬，她彻底清醒。

男人下身不敢压在她的身上，上身却亲密俯首在时懿颈窝处，低头亲吻着她白皙的颈项。

"嗯。"男人的气息喷洒着酒气。

时懿心下微动："去洗澡。"

他喝醉了。

林淮南像是没听到，改换亲吻她的手指，时懿想要抽回自己的手，被他亲过的地方麻麻的、酥酥的，让她的呼吸有些发重。

"别闹了！"

说完时懿抬眸看向男人的俊朗面容，发现男人眼底闪着分明的欲望，更深处的她有些看不懂，呼吸紧了紧："林淮南。"

男人这才停下动作，漆黑的眼眸冰凉如水，似缠绕着最长的海藻，将他眼底的情绪遮挡得干干净净。

"时懿——"

大手滑到时懿腹部，力道温柔得不像话。

时懿却由喉咙处生出一股压迫感，像是被人拿着利刃抵着一般，下意识地身子往沙发深处退了退，却退无可退："你要干什么？"

抬手打掉男人的手。

"这个孩子……和我们缘薄。"

时懿差点儿被自己的眼泪烫伤："你想打掉我们的……孩子？"

他怎么可以用这么冷静的语调说出这么残忍的话来？

她肚子里的，是他的种！他的骨肉！

"嗯。"男人声音很低，有一种认命的低回在里面。

时懿彻底僵住，良久，身子才慢慢有了知觉，找回自己的声音："那不可能的！"巴掌大的脸庞上，面无表情。

缓缓推开男人，时懿固执道："无论是哪种理由，我都不会接受。"

林淮南灼灼的眸子盯着她，女人脸色没什么表情，但抿起的唇瓣微微颤抖，泄露了她的真实情感。

时懿眼底疯狂地蔓延出大片绝望，心好像隔了好几秒钟才缓缓跳动，又慢又疼地在她的胸膛里颤抖着。

"一定要打掉？"话里的荒凉，让四周跟着沉寂下来。

男人还是不肯开口。

时懿情绪达到顶点，又开始一点儿一点儿崩溃下来，终是忍受不住，眼泪狠狠地掉了下来，她听到了她身体某处破裂的声音。

突然，就懂了千寻说的一个词，万念俱灰。

时懿从沙发上慢吞吞地站了起来，每个动作都透着温和，连贯在一起却对林淮南产生致命的杀伤力。

将衣架上的大衣穿好，从鞋柜里取出高跟鞋，开门，留给男人一道纤细而又决绝的背影。

"砰——"

门，关上。

他既然不肯要她的孩子，那么她也不想要他了！

出了公寓，时懿才发觉自己在的这座城市太过荒凉，以至于离开林淮南，她整个人连同她的心，就又开始了一场颠沛流离。

她原先租的那套公寓，她退掉了，摸了摸口袋，空荡荡的。

她，无处可归了……

门关上的那一刻，林淮南就后悔了！

他不该眼睁睁看她走的，可目光触及她那般决绝的背影，即便知道她不了解情况，心底仍是会疼！

她不知道，只要她问，他就会将那句孩子缘浅的话解释清楚。他愿意纵容她发脾气，寻常夫妻之间的吵闹，他甘之如饴。

但却独独难以忍受她一言不发地将他从她的世界里抛开，那种感觉，他就像是一个可有可无的玩具，腻了、嫌了，一脚踹开。

林淮南眼神陡然亮得惊人，快速从沙发上站起来追了出去。

没办法了，我的小蝎子！

谁让你天性如此，他只好也只能用他的方式将她留在身边。

出了门，林淮南猛地意识到，他弄丢了她……

时懿去了钟梵的住所，出租车进不去，便向开车师傅借了电话打给钟梵。好在她运气没差到谷底，钟梵过了一个小时，从外头赶了过来。

钟梵盯着她的脸看了好一会儿，付了钱将她领了进去。

时懿瞧出他身上的是戏服，男人白皙的眼眶下投着淡淡的阴影，眉宇间泛着疲惫。

"你借我点儿钱。"轻易地打扰他，她很抱歉。

时懿脚步停住。

钟梵转身看向她，笑得邪气："不怕我吃了你？"

"你不会的。"时懿摇了摇头。

"还是你以为凭你能打扰到我?"钟梵挑了一下眉。

夜风拂过男人的发丝,娇艳绝美的面容在淡淡的月色下愈发妖孽。时懿望着他,淡淡地扯了扯嘴角,手心抚向自己的肚子:"我怕我肚子里的孩子,会打扰到。"

"Lisa——"

你这个女人,真的很不讨喜。

"……走吧。"他突然想抽根烟。

时懿站住没动。

钟梵大半脸被阴影掩盖,突显的一侧此刻尤为妖娆入骨:"你不跟我进去,我怎么拿钱给你?"

……

时懿想了下,确实是。

进了公寓,钟梵一屁股陷入沙发里,从茶几上拿了烟和打火机,想起时懿肚子里的那块肉,又丢了回去。

"过来。"男人柔声细语,实质却是不容拒绝。

时懿眉头拧起,走到他跟前,下巴却猛地被钟梵捏住,整个人倾倒在他怀里。她眉头皱了皱:"松开。"眼底隐隐窜出一丝怒意。

"他欺负你了?"眼前的女人双眼红肿,嗓子嘶哑,只一眼就看得出是哭过了。

时懿垂下眼睑,开口道,"没有。"

钟梵盯了她片刻,松开手:"左手边第二间卧室,去休息。"

时懿站着没动。

"Lisa,不为你自己着想,也要为你肚子里的孩子多想想。"

孩子——

时懿神色动容,僵持片刻,还是听从了钟梵的话。

她不想，她的孩子有事！

住进去后，时懿才发觉钟梵的工作强度远超于她，偶尔回来一趟歇两三个小时便又赶到片场，不放心她一个人，钟梵特意请了林嫂来照料她。

林嫂上了些岁数，接受的是老一辈的传统思想和习俗，见时懿有了身孕，很有耐心地给她熬了不少滋补的汤药，时不时在旁边提点她些。

时懿觉得新奇，——照做。

老一辈人，有老一辈的活法，多听些，总归是好的。

她每天会被林嫂领出去散散步、兜兜风，剩下的时间便是待在房间里画画儿。

《双生花》的发布会，集齐各路媒体记者，宋清欢挽着钟梵胳膊仪态端庄地走上红毯，引来在场粉丝一片尖叫。

男人妖孽绝美，女人倾国倾城，分明是一对璧人。

走走停停，对着不停闪着的镁光灯，宋清欢脸上的笑意深了深。如果没有遇上钟梵，她想她不会选择去做演员。

"真希望，能和你就这么一直走下去。"

没有尽头的，就这样手牵手，只有他们两个。

钟梵眸色极淡，琉璃般的瞳孔好似有流光滑过，眸子若有若无地望着眼前的红毯："很多事情、很多人，走着走着，就散了。"

……

一场发布会下来，宋清欢都有些不在状态，对于媒体的死缠烂打显得很是力不从心，全靠一旁的钟梵帮忙圆场子。

有一个女记者瞧出了些端倪，问道："梵哥，你和欢妹子在拍戏的过程中有没有来电，往后会不会交往呢？"

交往？

宋清欢脸色有些发白，眼神下意识地望向一旁镇定的男人。

"也许会，也许不会，天知道，还有我的心知道。"钟梵扯了扯嘴角，短短一句话将他们之间说得极为暧昧缠绵。

　　宋清欢当即红了眼，旁人或许不了解他话里的意思。她单恋他七年了，七年足够将一块石头磨去棱角。她就算再怎么没用，却还是比旁人对他多一份了解。

　　他在委婉拒绝！

　　"我想，我们不会在一起。"理智在那么一瞬开始失控，宋清欢盯着男人的侧脸，脱口而出。

　　"可我还是会很喜欢很喜欢他的。"

　　……

　　钟梵眼底微微一震，抬眸看向她，宋清欢早已将视线转移到媒体，接受他们疯狂抓拍。

　　无疑，今晚她给了媒体一个华丽的糖衣炮弹。

　　采访结束，宋清欢心情低落，低着头提着长裙跟在钟梵身后回了后台。

　　"来了。"

　　钟梵猛地停住，宋清欢不知道他在和谁讲话。这般冷漠入骨，不带半分感情。抬眸望去，心微微沉下。

　　是林淮南。

　　男人英俊的面容缓缓从阴影处浮现，漆黑的眼睛深沉地盯着钟梵。

　　钟梵笑了笑："找我没用。"

　　林淮南视线越过他，看向身后的宋清欢："过来。"

　　宋清欢慢慢地走了出来，尤其是一侧钟梵投来的灼灼目光，让她脚下每一步都十分艰难，就像漂浮在水上，一不小心就会掉下去。

　　她感觉到那双眸子越来越冷，温度越来越低。宋清欢狠狠地打了一战，想说话，可喉咙里像是含了一颗火球，烫得她生疼。

　　也许只是出于私心，想引起他的嫉妒，她想要看到他情绪的波动，想要他为她吃醋，因此只是一步一步走向林淮南。

最终，后背的冷意猛地落空，宋清欢只觉得，自己的心脏开始慢慢地一点儿一点儿蜷缩得生疼。

他……他就这样走了！

连个招呼都不打！

"表哥——"

宋清欢眼睛湿热发烫，少了平日里的贵气端庄，像是一个普通的邻家小女孩扑倒在林淮南怀里。

"为什么，为什么他就是不能喜欢我呢？"

"为什么他连问都不问，就这样走了？"

……

她知道她没有表嫂那般沉得住气，唯一比表嫂有优势的，就是她爱他，深爱！

可惜，人家一点儿都不稀罕！

"爸妈明天晚上九点到，回头你准备一下。"

"……哦。"

宋清欢仍旧垂着巴掌大的小脸，闷闷应道。

"表哥，你就不能安慰安慰我吗？"

不甘心地，宋清欢八爪鱼般缠在林淮南身上，被眼泪洗涤过的眼睛亮得惊人，却又执拗。

"除非，你真的对那个男人死心。"

……

夜风涌了进来，吹在人皮肤上凉凉的，将时懿的睡意也吹散了下去。

磨叽一会儿，时懿从床上爬起来，打开电视，将声音调大。

她不知道，自己竟会孤寂到这种地步，四周难得的声音，是她平日里不去看的电视。

随手调了几个台，没什么好看的，调到娱乐台，是《双生花》电影现场直播。

时懿耐着性子看了几分钟。

钟梵一身黑色西装，衣领处肆意猖狂的红色，将他妖孽般的姿容衬得很是邪气。身边牵着的是宋清欢，一袭藕粉色拖地长裙，明媚娇艳。

她和宋清欢在剧组拍戏的时间不长，但她却是早已知道她的存在。

寒暑假的几个日子里，经常会看到她出入林家的身影。

她没有向林淮南问及她的存在，包括林父林母。

走神的当儿，画面切换，摄像头给的镜头切换到了宋清欢和钟梵走下台，时懿呼吸一窒，拿起遥控器将画面定格住，真的是他！

林淮南！

他竟然去了《双生花》发布会！

转念想到宋清欢，时懿只觉得一盆冰水从脑袋上倒下，将她的里外身子淋得湿透。

她善妒，小弟刚出生的那几年，她的心智还没有完全成熟的情况下，她做不到像个姐姐般去照顾自己年幼的弟弟，甚至一度吃起父母的醋。

他同她讲话，她不理；他找她玩耍，她不去；她看出他盯着她画的那幅全家福好几回，大眼睛里满满的不开心，她知道他想让她将他画上去，可她对他的心软到底也只是将他画在了妈妈的肚子里。

这份不好的脾性，她焦躁过、不安过、惶恐过，最后只能一点儿一点儿用寒冰将自己包裹起来。

时懿缓缓抬头，一双杏眼隐隐发红。

今晚，她再一次嫉妒了，嫉妒得快要发疯！

腹部猛的一紧，一股热热的液体自下身涌了出来。

每逢周日，林嫂休息。

钟梵右眼皮一直跳个不停，心绪有些不宁，想着今天没自己什么戏，便和助理打了声招呼，开车回了公寓。

他的公寓价格不菲，但于他而言，仅仅是一套公寓，他回来的是早或晚，里面不会有半点儿人烟，也不会有为他留守的灯光。

可现在，想想家里有着一个小小的人儿，瞧她那个拧巴劲儿，定然是不会等他的。

钟梵嘴角弯出一个苍凉的弧度，一张俊美绝艳的侧脸，此刻正静静地在月光下，悲伤若隐若现。

一推门，钟梵眉头就皱了起来。

血腥味，淡淡的、浅浅的，就那样萦绕在他的鼻翼间，像是病毒般又缓缓渗透进他的皮肤里。

没由来地，钟梵呼吸一紧，大步朝着时懿房间走去。

"Lisa！"

没人应答。

钟梵摸出卧室的钥匙，开门，眼色狠厉，一双眼寒若星子。

女人整个身子像是从水里打捞上来似的，薄薄的睡裙皱巴巴地贴在身上，鲜红的血液在白色床单被褥的映衬下愈发触目惊心。

"疼吗？"

钟梵漆黑的瞳孔被时懿下身的殷红浸染，倏忽深邃，步子跌跌撞撞地走到床边，大手抚上女人苍白没有血色的脸庞。

时懿早就疼得没有多少知觉，勉强睁了睁眼，眼泪又掉了下来。

疼！

疼得她想死！

"Lisa，别哭。"男人细腻的手指抹去时懿眼角的泪痕，闭眼，睁开，倾城的厉与艳即刻回来。

"答应我，这次过后，忘了那个男人。"话里浮出一丝不言而喻的强势。

时懿疼得话都说不出，眼泪掉得更急。

钟梵等了一会儿，终是没能等到她的答案，打横将她从床上抱起，送入就近的医院进行急救。

医院内部不好抽烟，他就去天台抽了几根，转念又有些放心不下她，只好熄灭烟头，继续在急救室前守着时懿出来。

林父虽然同林母回了国，却不愿抛头露面。所以，林母只好只身一人来到儿子的住处。

宋清欢没寻到林父的影子，心里略略松了口气，她可不想被他抓回英国去。

林母一眼就瞧出她的小心思，点破道："放心，他现在一门心思放在他的摄像机上。"

宋清欢嘴巴嗫了嗫，挽着林母的手臂笑眯眯地枕在她的肩膀上："我一个人在中国生活挺好的，回去帮我多向爹地妈咪说些好话。"

"讨好我啊？"林母伸手捏了捏她的脸蛋，笑道，"没用！"

宋清欢嘴巴嗫得更厉害了！

"表哥——"

转移话题。

"表嫂呢？"提到时懿，宋清欢心底有些堵得慌。

拍《双生花》的过程中，她有很多机会可以坦露她的身份，但一想到她既是她表哥的媳妇，又是钟梵心尖上的人，她最在乎的两个人就这么被她毫不费力地抢走，就让她对时懿喜欢不上来。

跟着，对她的态度自然冷了不少。

林淮南切胡萝卜的刀顿了顿，继而面无表情地切着，刀工细致灵活："她不回来。"语气淡得没有任何情绪。

"哦。"宋清欢心里的石头这才彻底放了下来。

林母熟知时懿的性子，想着她工作的确也忙，少陪她们吃一顿也没什么。

　　麻醉药的药效过了，时懿下身仍旧疼，那股说不上的针刺般的疼痛扎疼了她的眼睛，眼泪慢慢从眼角流了出来，滑到枕头上。钟梵俊美的脸凑了过来，漆黑的瞳孔隐隐蹿着暗色的火焰。

　　"醒了。"

　　她睡了一天一夜。

　　时懿伸手抚向自己的肚子，肚子上微隆的弧度此刻异常平坦。

　　钟梵眸子紧锁着时懿，可那张干净的小脸上什么也没有，难过、不开心好似从来都不会在这个女人身上出现。

　　时懿张了张嘴，喉咙里像是含了一颗火球，烫伤了声带，落入耳里沙沙的，却又是一种平静，彻骨的静，像是再也没有什么能引起她心中的涟漪。

　　"扶我起来。"

　　"你现在身子不方便！"

　　钟梵神色厉了起来，她就这么不把她的身子当回事儿吗？

　　时懿不说话，垂下眼帘咬着下唇，颤巍巍地掀开被褥，作势要从床上爬起来。

　　"Lisa，你告诉我，你想干什么，我帮你！"

　　她的身子，已经经不起折腾了！

　　钟梵环住时懿的双肩，眼睛直直地看向女人灰蒙的眼底。

　　"……有些事，你代替不了的！"

　　感情这回事，只能由当事人自己斩断！

　　"是！"

　　钟梵嘴角扯出一抹魅惑的弧度，眼角尽是魅意，红唇淡然中陡然生出一股强势："那是很愚蠢的想法！"

　　"但我会倾尽所有，换你一世无忧。"

感情到了一个地步，是没办法再强行压制下去的，哪怕那个人是他，抑或林淮南，也不行！

钟梵俯首亲了亲时懿光洁的额头，笑得愈发温柔："我发誓，没人可以伤害你！"

即便是他自己！

时懿身体在男人怀里僵住，面色沉稳如水，良久，血液才又重新在血管里流动："你怎么……会喜欢我呢？"

不应该的！

"我不喜欢你的。"

她从来，都只将他当朋友！

"喜欢了，就是喜欢了，天知道是怎么回事。"

钟梵顿了顿，时懿脱口而出的话还是伤到了他。

这一刻，他才明白，时懿，真的是他这辈子的劫难！

他原以为母亲离世后，他再也无法对一个女性有好感。

他也不知道他爱起一个人来，竟会是这种样子。

"在知道你结婚后，我试图将对你的爱意用泥土彻彻底底掩盖起来。但是，Lisa，你的婚姻让你陷入恐惧之中，所以，我想我得要让你明白我喜欢你，我爱你。"

"……不！"

时懿盯着他的眼，头又开始昏了，分不清他葫芦里卖的是什么药。

"还有，你并不是一个人！"

……

你并不是一个人！

时懿的眼泪又开始不受控制地掉下来，这句话即便是林淮南也不曾说过。

他对她，总是分外吝啬！

父母车祸之后，她又格外敏感内敛，随着时间的推移，她的心跟着开启一场漫长的颠沛流离。

她习惯了一个人，尽管她并不乐意。

可她更不愿意，别人拿着砖头敲开她外表重重的壳，偷窥她内心深处的阴霾。

"你不需要给我回应，我这么说，只是想让你开心。"

钟梵笑了笑，眼前蒙上一层淡淡的雾气。

林淮南，或许被眼前的小女人判了死刑；可他，却已被钉上命运的十字架，丧失爱她的资格！

"……我想去见林淮南，可以吗？"

她就想问一句，问一句就好！

时懿还是很不甘心，她就想问一句，她的孩子没了，他开心吗？

"去定了吗？"钟梵沉默了片刻。

"嗯。"

"非去不可？"

"是。"语气丝毫没有松懈。

"好，我带你去！"

"……谢谢。"

钟梵没再说话，打横将时懿从病床上抱起，走到地下车库，开车到林淮南的公寓下。

车子刚停稳，钟梵解开安全带时，眼角微微紧了紧，抬眸从车前玻璃望了出去。

那三个人，就是站在原地，什么也不用做，便自动吸附旁人惊艳的目光。

林淮南、宋清欢，旁边还有一位气质卓然的妇人。

"我知道他狠，可我却不知道他狠起来竟是这般厉害！"

时懿眼角隐隐发红，男人一旦不爱了，就真的不爱了，连带她肚子里的孩子都不会再看一眼。

"旁边的妇人是谁？"钟梵眸子闪了闪。

时懿胸腔滑过浓浓的涩意："是他的母亲。"

林父早在五年前，便开始陆陆续续将手头的事业交给林淮南打理，腾出来的时间领着林母环游世界。因此，就这些年来，她见着他们的次数也不是很多。

没想到，林母会赶来国内见宋清欢一面。

林淮南漫不经心地应付着母亲，他面子上向来端得住，还是那副冷淡模样。但林母是生他的，对自己的儿子还是知根知底的，临上出租车前还不忘叮嘱几句："好了，我不碍着你了！"

"还有，Lisa 工作忙，你呢，要多体谅体谅她。"

"嗯。"林淮南眼神深邃起来。

林母就怕他这副模样，活脱脱跟他父亲一个德行，收起剩下的碎碎念，和宋清欢道别上了车。

目送出租车远去，林淮南只觉得哪里有些不对劲，隐隐的，十分细微却很重要。

扫视了下四周，没发现什么不妥。

也许，是他多疑了！

"表哥，我也走了。"宋清欢松了口气，应付长辈什么的，真的好累。

林淮南漫不经心地点了点头，转身走进公寓。

# 第八章

时懿没有直接回医院，而是让钟梵开车去了监狱。

"你怎么了？"

隔着厚重的隔音玻璃，慕千寻就发现时懿的不对劲儿，连忙坐下来，拿起电话。

时懿眼角发红，怔了好一会儿，才拿起电话放到耳边："千寻。"

"人，这种生物，为什么要有感情？"一旦沦陷，整个人就会开始万劫不复。

慕千寻眼角发烫："为了受伤。"

"可以不受伤吗？"

"不能。"

"为什么？"

"为了以后不受伤。"

时懿缓缓闭了闭眼，将眼角的酸涩逼退："我要离婚！"

"……嗯。"

慕千寻良久才吐出一个字。

"爱你的人，终将会把你领回正路的。"也许是丈夫，也许是朋友，也许是一个陌生人。

……

慢步走出监狱，时懿身子发冷、脸色苍白，就望见钟梵站在不远处，双手插入口袋，神色妖冶。

真的，就是一只妖孽呀！

时懿眼前的东西模糊重叠，眼皮子终是支撑不住，垂了下来，世界的喧闹声响自耳畔淡化、离去。

醒来后，时懿动了动手，这才发现手背被扎上了针头，挂着吊水，张了张嘴，喉咙里干涩得厉害，像是干涸、濒临死亡的仙人掌，说不出一个字。

窗外月光皎洁，时懿看着窗外那轮弯月，意识愈发清晰，和林淮南相处的点点滴滴如潮水般涌上心头，这却是对她最烈的毒酒。

现在，她真的是一个人了……


"叮——"

门铃响起。

宋清欢嘟囔了一句，继续睡。

门外的人脾性出奇地好，手指一直在按门铃，宋清欢忍无可忍，下床光着脚丫杀到门外："凌晨三点！"

开门后，瞬间石化在原地。

"你、你怎么来了？"好半天，宋清欢才找到自己的声音，盯着月色下男人愈发邪魅的侧脸，又看痴了。

钟梵淡淡地扯出一个弧度，笑容寡淡："你喜欢我？"

"哦，嗯，喜欢的。"宋清欢眼睛倏忽亮起来，随即又暗了下去。

"从现在起，你是我的女朋友。"

"……为、为什么？"

因为，她知道他的秘密？

还是因为别的？

反正她是知道的，不会是因为他爱她！

"不愿意？"钟梵勾了勾唇。

宋清欢看得分明，男人眼底冷冽的寒意，咬着下唇垂眸缓缓道："愿意，我做梦都想。"

"好。"钟梵伸手捏住她的下巴，手指力道加重，宋清欢忍不住张开嘴巴喊疼，她这是怎么了？

以前心心念念地想要做他的女朋友，今晚突然成真了，她却没有半点儿开心。

宋清欢哑着嗓子开口道："钟梵，我会帮你保守秘密，哪怕真的到了退无可退的那天，我仍旧会站在你这边。"

"但是，你能告诉我，你为什么突然想要我做你女朋友？"

钟梵眼底闪过凶狠而暴力的神色，动了动唇。他叫她看清他的执念："因为，我再也不想看一个叫时懿的女人掉眼泪。"

宋清欢近乎绝望地看着他，眼泪掉得更凶。

"什、什么意思？"

他们的事，怎么和时懿扯上关系？

"你和林淮南，走得太近了。"

……

钟梵像是发了狠，存心让她绝望到底："所以，和林淮南断绝来往。"

冷——

从未有过的冷意席卷宋清欢的身子，她从来没想过眼前的男人竟会对她这般决绝，甚至连一丝幻想和期待都不给她留。

"这就是你的目的！"

宋清欢身子瑟瑟发抖，一双美目涌上荒凉："只是为了时懿，不惜将自己出卖？"

时懿，你到底对他施展了什么妖术，居然会让一个没有心的男人对你这般死心塌地、矢志不渝！

"你明明可以欺骗我的，说你突然想明白了，其实你喜欢的一直都是我，可你为什么连最后的欺骗都不给我？"

钟梵，为什么？

就因为不爱，你就可以这样不在乎我的感受吗？

"清欢，那样才是对你最大的残忍！"

与其从天堂跌入地狱，倒不如一开始就身在地狱，从此炼就自己的不老不死、不喜不悲。

"中途累了、困顿了，你随时可以喊停。"

宋清欢睫毛颤了颤，替他将话说完："然后，就彻底从你的世界退出来吗？"

不——

她不要从他的世界消失！

她也不想做他的女朋友！

她只想安安静静地守在他的身边。

"但是、但是林淮南他……他是我表哥呀！"

即便做了他的女朋友，她又怎么能抛弃自己的表哥！

"……亲的？"

宋清欢噎住了，该不会时懿在吃她和表哥的醋吧？

"嗯，亲的。"

钟梵挑了下眉。

"所以，你还想让我做你女朋友吗？"

"如果你想，你随时都是。"钟梵眉心浮上一层疲惫。

那个蠢女人的占有欲到底有多强，连事情都没搞清楚就胡乱吃醋生闷气，惹得自己流产。

……

钟梵驱车赶到医院，久久地立在门口，伸手推开病房门走了进去。眸子看向空荡荡的床，脸上的表情褪得干干净净，刹那邪魅气息全开，带着一股倾国倾城的毁天灭地之意。

时懿不说话，一双沉寂的黑眸盯着男人硬朗的侧脸，安安静静地任由他抱着自己。

他竟然能在医院的病房里找到自己！

"小蝎子。"

林淮南将时懿放在沙发上，亲了亲她的额头："回家了。"

"……家？"

时懿闭了闭眼睛，只觉得满眼讽刺："不会再有了！"

语气凛冽："我们离婚。"

"你现在不同意也没关系，因为——我要回英国了！"

嗯，她要回去了！

原以为从英国回到国内，是对自己的一场救赎，不想却是从一个监狱流窜到另一个桎梏之中。

"我接到英国皇家警察打来的电话，他们说我父母的死，是谋杀。"

"Neil给我打过几次电话，却没有同我讲过。"时懿缓缓地陈述着，以一种冷静到令人心惊的地步说着。

她竟不知道，她那个只会闯祸的弟弟，一夕之间，成熟了。

"我要回去帮他。"

"这事，我已经派人暗中调查了，"林淮南眸中含着淡淡的血色，"孩子，我们可以再怀一个。"

时懿嘴角扯出一个冰冷的弧度，看着他，将脖子上的天蝎座项链取下放入他的掌心："让别的女人给你生去。"

她已经不稀罕了，真的！

"我只要你！"林淮南眸子一紧。

这条项链，他从未见她取下过，平日里也是极为留意，甚至连结婚戒指都没这般看重。

想到这儿，林淮南眼底闪过一丝暴戾，一低头，冰冷的唇重重地压上她的，火热的舌强势地纠缠着她口中的美好，几乎令时懿喘不过气来。

时懿心一横，张开嘴重重咬上男人舌头，瞬间，一股血腥味从口腔间蔓延开来。林淮南仍是不肯放过她，捉住她探取她唇里的甘甜。

"疯子！"

胸腔里的气息被男人压榨得所剩无几，林淮南这才恋恋不舍地放开了她。

"我不会和你离婚的，"男人沉沉地看着她，"如果你回英国。"

时懿一脸防备："……你想干什么？"

"我也会回去，"男人声音冰得没有一丝温度，"陪你寻找真相。"

"……没必要浪费时间在我身上，"时懿垂下眼不再看他，"你有金钱、地位、权力，何必跟我这样的一个女人扯上关系？"

"宋清欢……比我好很多。离婚后，你可以跟她光明正大地在一块。"

她现在一点儿也不想和他纠缠不清，在情爱里面困顿深陷。

"清欢？"林淮南眸光闪了闪。

时懿心里隐隐作痛，认识他这么长时间，还是头一次见他唤一个人这么亲热。

清欢——

宋清欢。

可恶啊，光是想到这个名字，她就忍不住开始吃醋！

"是，所以别再来招惹我了！"丢了心，她只想全身而退罢了！

"你误会了——"

"我没有！"时懿冷冷地打断他，"你和她是什么关系，我一点儿都不想知道。"

林淮南眼底浮现淡淡的笑意："她是我表妹。"

"……那又怎么样呢，林淮南？"时懿眼角发红，眼泪滚了下来，大片大片的绝望再也无法掩藏，"重要吗？"

"我只知道，我们的孩子没、有、了！"

那晚凄厉的疼痛再次准确无误地钻进她的每一根毛细血管，疼得时懿体无完肤，对着林淮南的恨意愈发深重。

"而我，才是真正杀死他的凶手。"

她太善妒了！

每一次的嫉妒，倾尽了全部力气，以致走到现如今的覆水难收。

她无法，原谅自己。


异地恋的弊端，在时师和白浅浅身上渐渐显露出来。

最简明扼要的，是七个小时的时差。

还有，时师日益冷淡的态度。

她每天都会挑他空余的时间给他发短信，他就像是没收到一样，隔了一两天才给她回寥寥几字。

每次视频，他不是眼睛通红，就是情绪低落、易躁易怒，好几次她无心的话，也会惹得他在视频那端怒目而视像是要吃了她一样。

问时师为什么，他不答，直接将视频切断了！

白浅浅站在林淮南公寓门口，磨磨蹭蹭地按了门铃。

她想找时懿谈一谈。

门很快就打开了，林淮南面无表情地扫了白浅浅一眼，吓得白浅浅鸡皮疙瘩都冒了出来，缩着肩膀小心翼翼地指了指里面："时懿姐……在吗？"

"嗯。"

林淮南点头，将她领到卧室门口，顿了顿："你进去同她说话，让她多出去走走。"

白浅浅困惑地望了过去："哦，发生什么事了？"

　　话音刚落，白浅浅就想咬掉自己的舌头，她看见林淮南的脸色阴沉了起来，并不回答。

　　"我、我先进去了！"推开门，白浅浅踮起脚尖蹑手蹑脚地走了进去。

　　卧室空调开得有些低，白浅浅四处望了一圈，才看到飘窗台上的那抹绿意，时懿如瀑的黑发披散下来，白皙的皮肤略显苍白，漆黑的瞳仁宛若晶莹的葡萄镶嵌在眼眶里。

　　"时懿姐。"女生的细声细语传入耳里。

　　时懿眼皮微微掀了掀，皱眉扫了过来，不带半丝温度。

　　"我、我今天来是想问问，Neil 在英国发生什么事了？"

　　那双冰冷的眸子让白浅浅倍感压力，硬着头皮继续道："他最近都不怎么回我消息，我、我有些担心，他在那边是不是发生什么事了？"

　　好不容易说话，白浅浅只觉得自己快要虚脱了，天蝎座强大的人格魅力啊！

　　"帮我一个忙。"时懿突然开口。

　　"什、什么忙？"白浅浅皱眉，随即叫了出来，"是不是 Neil 真的发生什么事了？"

　　时懿盯着她，笑了出来，美若幽莲，艳丽逼人。

　　白浅浅走的时候，连看都不敢看林淮南一眼，小心脏"扑通扑通"乱跳，溜出门口老远才发觉后背不知何时出了一层薄汗。

　　夜幕降临，整座城市陷入一片黑暗中。

　　林淮南按照时懿的口味准备了晚餐，尽管他清楚她不会吃太多，却仍是准备了很多。

　　自将她从医院领回后，时懿便开始了同他的冷战。

　　不言不笑，像是一尊玉石雕刻的美人儿，静静地躺在他的怀里。

　　"咔——"

　　卧室门被缓缓推开，时懿冷着一张脸从里面走了出来。

"小蝎子？"

林淮南呼吸窒了窒。

时懿坐了下来，拿起筷子吃了几口，见林淮南不动，抬眸看过去："吃饭了。"

"嗯。"

林淮南眼底浮出一抹笑意，他知道这是她所做的最大让步。

吃好饭，林淮南抱着时懿进入卧室。对于林淮南的触碰，时懿尽管仍旧有着一份抵触，但在男人的大掌下还是慢慢放松。

床上，林淮南一点儿一点儿吻过她的脸颊，在她偶尔睁眼时，发现他一直在看她，以从未有过的认真目光。

"小蝎子。"

房间里只有男人柔情的呢喃，时懿睁着黑眸直直地望着他，像是要将他烙入灵魂深处。

睡得朦胧时，似乎有人静静地抚摩亲吻她的全身，而那滚烫的怀抱，令人无法抗拒，想要就此沉睡不醒。

但是不管是现实，还是梦境，总归是要醒的，无论是喜是悲。

林淮南，今天是十月二十四日。


"Neil，你的快递来了。"

珍妮的声音从屋外传了进来。

珍妮是个漂亮的老奶奶，一直在时家做保姆。后来时父时母出了车祸，时懿遣散了所有仆人，单单留下了珍妮。

小狮子从屋里走出来，珍妮正在屋外修剪花草。珍妮上了年纪，忘性大了，但却一直记得打理花圃，她也常常为她的手艺而自豪。

"奶奶，手艺不错。"

快递小伙儿看着像是被狗啃过的灌木，嘴角抽了抽，显然无法认同。

珍妮奶奶羞涩地笑了笑，哼着小曲，拿着剪刀忙碌着。

"看什么看！"小狮子瞪了快递小伙儿一眼，从他手里接过自己的包裹。

快递小伙儿耸了耸肩，脾气还真大！

"珍妮，我拆包裹。"得到珍妮奶奶的同意后，小狮子不慌不忙地走进屋子。

包裹是从中国寄来的。

小狮子三下五除二拆掉了包装，里头露出一个精致的橙色水晶球。

嗯，水晶球！

不用想，肯定是某个迷恋星座学的家伙。

在他认识的人里面，就只有一个。

包裹里掉出一张粉色印有小兔子图案的信。

小狮子笑了，心里堆积的压力突然轻了不少。

在林淮南的公寓里，时懿脸上虽然在笑，但是笑容寡淡，淡淡的，仿佛什么都入不了眼。

天蝎座死活都不肯将自己的心里话说出来，憋在心中，这才憋出病来。

林淮南没有办法，每晚拥着她入睡，抱着她却更紧。

她是他的！

谁也不能从他身边将她抢走！

时懿被他搂得呼吸有些不顺畅，胸腔发闷，却也没有开口拒绝，只是闭上眼默默地承受他带来的快乐与痛苦！

"小蝎子。"

男人沙哑、性感无比的嗓音缓缓地在耳边响起。

时懿没有睁眼，懒洋洋地往他怀里钻了钻："嗯。"

"你一个人，先回英国。"

时懿睁开眼，清亮的眸子望着漆黑的屋子，眼底隐隐有什么在跳跃着、闪烁着。

"车祸既然是谋杀，身为儿女理应帮他们查出真相，还他们一个公道。"

"嗯。"时懿沉默了片刻，喃喃道。

男人听了这句话，笑了："小狮子性子还没定下来，你量力而行。"

"还有——"

林淮南俯首狠狠地咬上时懿白皙的脖颈，眼底漾着一圈淡淡笑意："小蝎子，别妄想欺骗我！"

"嗯。"时懿垂下睫毛。

林淮南动作很快，给她订的机票是明天下午。时懿收拾好行李，给白浅浅打了一通电话："在？"

"时懿姐。"白浅浅受宠若惊，语气愈发尊敬。

时懿站在床边看着外面的风景，神色淡淡地道："我明天下午三点的飞机，嗯，回英国。"

"啊？"白浅浅惊了惊，犹豫片刻，鼓足勇气对着电话那端道，"我能不能一起？"

水晶球告诉她，小狮子需要她！

"你的学业呢？"时懿没太大反应。

"快十一长假了，我这边请几天假就好了。"白浅浅默默地在心里盘算着。

时懿沉默了一会儿："好，我加一张机票。明天两点半赶到机场会合。"

"哦，机票的话，我可以自己出的。"她不想让小狮子的姐姐破费。

"嘟——"

时懿挂了电话，一双男性手臂从身后强势地圈住她的腰肢，下一秒钟，时懿整个人被林淮南掉转方向正面朝向林淮南。

"怎么办？我现在有些想反悔了！"林淮南低沉的嗓音分明像是带着固执。时懿脊背微微直了直，察觉到怀里人儿的僵硬，林淮南大手抚上她的后背，缓缓摩挲。

时懿眉梢微冷："你要遵守你说的话。"

耳畔，是男人低沉的笑声。

夜里，时懿睡得很沉稳，林淮南睁开双眼，盯着她的睡颜看了几秒钟，低头吻了吻她的额头。

小蝎子。

你要的自由，我给。

暂时的。

林淮南没来送机。

时懿将黑发梳成马尾，穿着一件水蓝色及膝长裙，美艳动人；白浅浅长发波浪，上身白色 T 恤，下身深蓝牛仔，纤细利落，清秀明朗。

"时懿姐，我刚才给你占了一卦，天蝎座最近的运势都不太好呢！"白浅浅眉心深皱，排队登机。

时懿下意识地伸手往自己脖子处抓去，却抓了个空。

她怎么忘了，她将天蝎座项链，放在床头柜最后一个柜子里了。

"怎样不太好？"她想听听。

进入 VIP 舱，时懿领着白浅浅坐下，白浅浅从身边的背包里掏出一个棕色小本子，念念有词道："十月份快结束了，就从天蝎座十一月整体走势来看，天蝎座在事业上将会面临许多的极限挑战，但值得庆幸的是会有贵人提点，异性助力强，之前付出的汗水没有白费，眼看着丰硕的成果，觉得一切都值得了。但是要提醒的是，若是遇到跟上司意见相悖的时候，还是要适当做出让步，不要死死地坚持自己。"

"天蝎座十一月身体状况开始下滑，大部分的支出都花费在这方面，真的该好好锻炼。"

"爱情运势——"

时懿抓着扶手的手紧了紧。

白浅浅没有察觉，继续说道："占有欲太强不是好事，试着多给对方私人空间，到了下半月，感情会逐渐回到甜蜜。"

这话，说的是……林淮南？

时懿眸子微暗。

"财富运势，十一月没什么好支出的，"白浅浅不小心看到十月份的，忍不住惊叹道，"十月份，就是本月，在花钱方面是绝不手软，而且花得很爽，另外要注意金钱纠纷，有些事情需要用钱来解决。"

时懿眉头深皱。

"健康运势，身体状态显得疲惫虚弱，可能会有生病的风险，要多留意身体变化。"

……

"解压方式，睡觉；开运小秘诀，黄水晶。"

白浅浅笑眯眯地说完，露出两颗可爱的小虎牙。

"你是什么星座的？"时懿挑了下眉。

"我是萌萌哒的白羊座美少女。"白浅浅不好意思地吐了吐舌头。

时懿怔了怔，不着痕迹地将目光收回，戴上眼罩，闭目养神。

白浅浅讪讪地摸了摸后脑勺，乖乖地学着时懿戴上眼罩，头等舱这才安静下来。

下了飞机，时懿打车回到时家，白浅浅因着想快点儿见到小狮子，车外欧式风格建筑和风景此刻在她眼底淡化、模糊。

"珍妮，"推开栅栏，时懿走上前从珍妮手里将她那把硕大的剪刀拿了下来，"进屋休息休息。"

珍妮笑呵呵地望着她，又看了看身后的白浅浅："不碍事的，我呢，现在坐不住，就想多动动。"

"看天气要下雨了，珍妮，进屋别淋湿了。"时懿拿着手里的剪刀，很重。

珍妮慢吞吞地看了一会儿天，这才点头道："好，我去阳台上收拾衣服。"

时懿有些无奈，珍妮什么都好，就是闲不下来。

时懿和白浅浅陪着珍妮将家里的活儿忙完，一抬头，窗外的天阴了下来，淅淅沥沥下着雨。

时懿将白浅浅领到珍妮收拾好的房间，拉开窗帘，房间的光线仍旧昏暗。

"时懿姐，小狮子什么时候回来？"来到英国后，想见到他的心情就愈发难以控制。

"我不知道，"时懿盯着她，"我以为你会联系他。"

白浅浅有些手足无措，低头闷闷地说道："我发了短信，他没回。"

时懿沉默了一会儿，眉心拧起，随即又放开："之前我有和他说过，我和你回英国。"

"他应该是被什么事给绊住了。"白浅浅不想多胡思乱想。

"嗯。"

"浅浅——"时懿突然唤道。

白浅浅困惑地望着她，心底莫名"咯噔"了一下："在、在呢。"

"Neil 最听的人，现在是你。"

她只是他的姐姐，即便能管束得了，却不能一直管束下去。

"……你要拿出点儿勇气。如果小狮子敢吼你，别怕，这不代表他生气。"

白浅浅面色还是很犹豫："这个，我以后尽量试试。"

"嗯。"时懿轻轻地点了点头，推门走了出去。

小狮子回来，是在半夜。

时懿没有睡，红着眼一遍一遍反复看着网上流传的视频，手指僵硬地放在键盘上。

小狮子循着亮光走过来，敲开时懿的门。

"姐——"低低的干涩的嗓音听得时懿的心头猛的一颤，小狮子穿着一件白色的衬衫站在门前。

"视频的上传者，问出什么了？"

她知道这是个很蠢的问题。

警察第一时间想到的就是视频的拍摄者，但是时至今日，这个案子还没有任何进展，只能说，拍摄者对案件毫无帮助。

"没有。"小狮子垂下头盯着地面，不知道在想些什么。

时懿目光又落到视频上，淡淡地分析着："谁会对时家抱有这么大的怨恨？又能这么了解爸妈上班的行程？"

"是熟人，"小狮子勾了勾唇，随即作罢，"我联系警方将爸妈的人际关系都打探了一遍，没有深仇大恨。"

时懿眉头又皱了起来，薄唇紧抿成一条线，在橘黄色的灯光下显得尤为苍白紧绷。

小狮子心生不忍，撇过头深深呼出一口气："姐，不早了，该休息了。"

"嗯。"时懿闭了闭眼。小狮子离开后，她目光又落在视频上，蓦地眼神一紧，按下暂停键，画面定格在黑衣男子低头大步离开的一瞬。

时懿又细细地看了看，心底隐隐生出一抹莫名的熟悉感，却又一时说不上来什么。

画面里的黑衣蒙面男子，竟然会让她生出一丝惊艳来。

一夜无眠，凌晨时分，时懿靠着安眠药才昏昏入睡，阳光刚照进来她就醒了。简单梳洗一番，坐在花园的椅子上出神地望着眼前被珍妮打理的花圃和灌木丛。

阳光是细碎的，花瓣上、叶子上的露水晶莹剔透，空气也很是清新。

一个人的时候，时懿会想很多很多，比如林淮南，再比如那个早逝的孩子。

脐带缠绕，无法成活。

她让白浅浅去医院调了她的病例，尽管拿了她亲笔写的委托书，白浅浅还是费了一番周折。

应该是林淮南故意压着医院不让他们轻易透露出来。

最后，还是白浅浅给她打了电话，她半是威胁半是逼迫，医院那边才松了口，告诉她真相。

原来，他说的孩子无缘，竟是真的无缘！

时懿眼角划过一丝涩意，心中荒凉丛生。

"Lisa！"苍老的声音缓缓地从时懿身后响起，时懿闭了闭眼，还没扭头。珍妮奶奶温暖的大手就帮她将一件大衣披在身上，"外头冷，别着凉了！"

"珍妮——"时懿声音干涩，情绪恹恹。

珍妮坐在一旁，眼含慈祥："Lisa，人活在世上，记得高兴一点儿。"

高兴？

她高兴不起来。

"珍妮，已经没有让我高兴的事了。"时懿头垂得低低的，她没有能力找出杀害父母的凶手，现在也没有脸面去面对林淮南。

"能活着，就很高兴了。"珍妮沉稳的话缓缓渗透进时懿的四肢百骸。

能活着，真的很好。

如果，她的孩子……可以活下来的话。

气势恢宏的摩天大厦，直入云端，林淮南站在最高处的落地窗前眺望蓝天白云，喜怒难辨。

"林总，文件已清算完毕。"站在办公桌前的秘书长双手捧着厚厚一堆文件，面无表情道，"夫人的违约合同全部在这里，违约金已经按照合同上的三倍赔偿予以解决。"

林淮南没有转身，目光落在楼下的车水马龙上："嗯，文件放在桌上。"

"好的，林总，"秘书长将文件放在桌子上，恭恭敬敬地说道，"那我先下去忙了。"

林淮南没有出声，秘书长却是心领神会，退了下去。

小蝎子——

林淮南眼底泛起淡淡的涩意，缓缓闭上眼，蓦地睁开眼底已然是一片坚决。

《樊城日记》杀青了。

宋清欢来了片场不少次，多多少少听说《樊城日记》这部电影故事的简介，是一位杀人犯的自我流放和救赎。

她不知道钟梵是以什么样的心态接下这部戏的，但心里肯定不好受。他越是表演得淋漓尽致，她在一边看着就越心疼。

时家和英国皇家攀亲，钟梵的罪行一旦被揭露，后果将不敢设想，这也是她一直不敢提的原因。

"来了。"钟梵将身上的戏服换成一身干净笔挺的西装出来，余光扫到一抹嫩黄色身影顿了顿。

宋清欢嘴角扯了扯，盯着他看了好一会儿，走到面前："我好像来的不是时候。"

他们这是要去某个地方聚会庆祝一番，她一个外人，还挺尴尬的。

钟梵挑了下眉，细细掂量女人话里莫名的疏远，没说话。

宋清欢被头顶上灼人的视线看得有些抬不起头，垂着头喃喃道："我还是先走吧！"

"……你怕我？"一开口，男人的脸色似乎隐有不善。

宋清欢咬着下唇摇了摇头。

"那是什么？"怕他将她也杀了灭口？

　　"要说现在对你的感觉，除了喜欢，便是愧疚了！"她不知道以后碰见表哥表嫂，她该拿什么脸面去见他们？

　　"哦！"钟梵刚才的暴戾之色一下子全然不见。宋清欢几乎以为自己出现了幻觉，眼前的这个男人又变成了先前漫不经心的样子，连声音都染上了慵懒之色。

　　"梵哥，上车了！"远远的，钟梵的经纪人招手唤道。

　　钟梵瞧也不瞧，冲着宋清欢勾出一抹略带邪气的笑容："那你就好好将那份愧疚珍藏起来。"

　　"愧疚，有对我表哥、表嫂，还有我和你的！"宋清欢深深地吐了一口气，他俩站在剧场里说话也不算个事，"等有空再说吧，你先去聚会。"

　　钟梵冷冷地盯着她，片刻后一把握住她的手腕拉着往附近自己住的酒店走去。宋清欢拗不过男人的大力，只得踉踉跄跄地跟在他身后由他拉着。

　　"钟梵，你放开我！"被记者拍到就不好了！

　　"林淮南的表妹，还需要担心记者？"男人轻飘飘的一句话，瞬间将宋清欢心房分崩瓦解。

　　是，她是林淮南的表妹！

　　她的私生活即便被媒体拍到却永远都不会被播出，否则按照她对钟梵死缠烂打的程度，早已被媒体曝光了。

　　可她呢，她又做了什么？

　　表哥和她提过几句，表嫂为了追查真凶回了英国。她呢，明明知道凶手是谁，却还要一门心思地替他保守秘密！

　　"那件事，你说出去，我也不会怪你。"钟梵垂了下眉睫，眼中闪过意味不明的神色。

　　"不——"宋清欢痛苦地摇了摇头，眼泪掉了下来，她不要！

　　她不想背叛他！

钟梵没说话，眉梢眼角仍旧是冷的。

宋清欢放心不下她，便跟着一同去了，一路上两人也不怎么说话。保姆车里的气氛一时有些压抑，开车的经纪人也不敢随便开口，只当小两口闹脾气。

聚会地点是在 A 城一家五星级酒店，钟梵到了庆功会上，简单寒暄一番，一个人抱着几瓶有些年份的红酒坐在一旁喝了起来。

宋清欢端了杯香槟坐了过去："你最近酒越喝越多了。"好几次她都看到他那么不爱惜自己。

"死不了。"钟梵勾了勾唇，眼角倾泻出令人惊艳的魅惑，他的容貌本就足够摄人心魄，如今他可以放纵，更是无所顾忌。

宋清欢看了一眼，视线便再难以挪开。

"钟梵，你为什么就不能好好爱惜自己呢？"他明明可以站在世界的最高峰，为什么要去做那么邪恶的事，从此颠覆自己人生？

钟梵眸子闪了闪，狠狠灌了一口酒，酒意浸染他的理智，让他的身子发软："扶我去天台。"

宋清欢看着眼前这个男人，他真的是醉了，闭了闭眼："好。"

天台上的风有些许凉意，宋清欢不知道钟梵是什么样的感觉，她只觉得风吹在她的身上起了一身鸡皮疙瘩。

不敢往天台前面走太远，她怕钟梵脑子一热直接越过天台的栏杆跳了下去，便将他搀扶到天台水泥墙边挨着墙面坐了下来。

钟梵脸颊发红，头歪在宋清欢肩膀上。宋清欢身子瞬间僵硬，动也不敢动，浮在两人之间的点点酒意以及她一厢情愿的相思，都让她无所适从。

咬了咬下唇，宋清欢目光看向天边的那轮弯月，淡淡道："你大概不知道为什么会被我喜欢吧？"

她也不知道自己竟会喜欢上一个如此深不可测的男人。

命运这东西，真的叫人难以自持。

钟梵垂睫沉默，宋清欢本来也不指望能听到他说话，继续喃喃道："一见钟情。"

或许是，见色起意，只是她的喜欢比任何人来得都长。

钟梵握着酒瓶的手紧了紧。

宋清欢苦涩地笑了笑，又不着痕迹地掩了下去。

"不后悔？"钟梵声音沙哑。

宋清欢视线重新落在他身上："那你后悔吗？后悔遇到时懿？"

……

沉默？还是默认？

宋清欢不想去猜，他既然不说，那么她就当作什么都不知道。

"你、你为什么明知那个人是时懿的父母……还要做呢？"这个问题像是毒瘤一般在她心里，憋着闷得慌，说出来两人又是现在这副凄凉的模样。

等了好一会儿，还是听不到身旁的人开口。宋清欢吐了一口气，自嘲地笑了笑。她真是够傻的，竟然指望自己能从他嘴巴里问出些话来。

"我不知道！"男人突然开口。

宋清欢心脏漏跳了一拍："啊？"

他这话，是什么意思？

"我不知道他们是 Lisa 的父母。"短短几个字，力道却沉重无比。

宋清欢心中震撼，眼睛微湿。

"我父亲只是时家的一名小会计，Lisa 小时候性格就偏冷，不喜欢出门，成天将自己关在房间里画画练字。"

的确，时懿从小性格便是这样，给人冷冰冰的感觉。

"那当初到底发生了什么？为什么要走到这种地步呢？"

男人整个人像是浸在一层光影之中，妖妖艳艳却不再开口。

宋清欢不想逼迫他。

俯身在男人额前落下一吻："谢谢你，愿意同我讲这么多。"已经够了，真的够了。

"钟梵——"

"嗯。"

宋清欢手指滚烫，摸了摸，连指尖都变得灼人，这种温度像是有生命般缓缓涌入心脏，熨烫起来。

"没什么。"她只是单纯地想要叫他，确认他的存在。

……

# 第九章

　　林氏大厦漆黑寂静，林淮南俯首在案边，处理手头一件难搞的案子。时懿以往在家，他习惯将工作带回家，现在她远在英国，他是早是晚回去，没有任何关系。

　　"咚咚——"

　　简短有力的两声敲门声，林淮南眉头微皱。门打开，一双红色高跟鞋率先映入眼帘。女人身上穿的也是一袭烈火般的红裙，涂着红色口红，指甲亦是红色。

　　"King，好久不见。"女人的嗓音被烟酒腐蚀，少了女性特有的甜美，多了一份低沉的沙哑。

　　傅雪踩着高跟鞋优雅地走了进来，挑了一处沙发坐下，林淮南目光锁着她，眼底闪烁着几分晦暗。

　　从包里掏出香烟和打火机，熟稔地点上，抽了一口，傅雪这才嘴角勾笑望了过去："这么晚不回去，和老婆吵架了？"

　　林淮南脸色沉得愈发厉害。

　　傅雪察言观色的本事极为厉害，但她能从林淮南脸上看到这么细微的波动，不是她可以看穿他，而是那个女人真的影响到他了！

　　"Snow，结婚后并不表示你可以在我这里耍泼妇！"林淮南没了心思办公，将文件合上放到一旁，从老板椅上起身，居高临下道，"我下班了。"

　　傅雪弯腰将烟灰弹落，眼睛垂了下来："我离婚了！"

　　林淮南眸子从她身上淡淡挪开："别抽了。"

傅雪拿烟的手顿了顿，不着痕迹地熄灭烟，眼神彻底暗了下来："King——"

"你还爱我吗？"

林淮南冷眼扫去："没有过。"

"……那你为什么要保留我的职位，为什么我的打卡系统还没被销毁？"傅雪心脏猛的一抽，继而垂下眼睫，语气已然浮上一层质疑的口气。

"你能力很强，为了一个优秀的员工，我可以将条件放低，"林淮南一边收拾公文包一边说道，"但是你现在的状态，令我觉得我对你的期待过高。"

"婚姻的结合和失败，已让你走向堕落。"

堕落？

傅雪扯了扯嘴角，想着他背对自己也看不到，索性垂下嘴角，冷声道："但是我刚刚明白了一件事。"

"我喜欢你！"她真是该死！

在他对她有好感的时候，挥霍掉他对她的好感，投入别的男人怀里。

他们在英国波士顿大学相识，毕业后和林淮南一同开辟中国市场，但是在途中，她轻易地找了一个男人结婚了。

"拿着你的卡出去打完最后一次。"林淮南眼眸暗沉无比，提着公文包走到傅雪面前。傅雪下意识地抬头看向他的脸，却看到他的黑眸，无比锐利而清明地盯着自己。

"你喜欢你现在的妻子？"不死心地追问。

林淮南眉头微皱："不是喜欢。"

傅雪眼前忽然一亮。

"是爱。"喜欢，太浅薄，承载不了快要从他身体里溢出来的心。

傅雪眨了眨眼睛。

以前一直觉得 King 是座冰山，高高在上，威严四射，最重要的是谁也融化不了。但是现在她好像隐隐明白了，不是融化不了，而是能融化他的玫瑰没有出现。

"你妻子，爱你吗？"她又想抽烟了，傅雪抚额，从沙发上站起来和林淮南一起走了出去。

"……那是她的隐私，我回答不了。"林淮南目光闪了闪。

傅雪撇了撇嘴："看来，她这个隐私藏得还真不错。"语气淡淡的，让人听不出这话里的深意。

一路相对无言，两人下了电梯，傅雪打完卡直接将那张卡丢进一旁的垃圾桶："你信吗，迟早有一天，你会重新给我张卡！"

林淮南挑了下眉，不置一词。

"我打车，你先走。"琉璃灯下，傅雪笑靥如花。

林淮南点了点头，道了别径直离开了。

望着林淮南离去的背影，傅雪忍不住想抽自己，她干嘛这么要强，直接让他开车送自己回家也好，可以省下一笔打车费。

爱——

傅雪眼底闪过一丝玩味，林淮南这座冰山，到底会喜欢上什么样的女人？

想要调查林淮南的妻子并非难事，先前林淮南和一个蛮有知名度的模特传过绯闻，林淮南竟然在微博上大方承认，还对之后一系列的炒作并未进行封杀，足以见得时懿十有八九是林淮南明媒正娶的妻子！

第二天，傅雪便让私家侦探帮忙搜寻有关时懿的消息和背景，但花了一笔不菲的钱后，傅雪眼睛狠狠抽了抽，背景方面一个都没查到，真是奇怪了，就算林淮南势力再深、再大，总归是会留下一些蛛丝马迹的。

到了时懿这里却并非这样，除了一张飞往英国的机票，一无所获！

将手上的资料扔在茶几上，傅雪勾了勾唇角，很好，时懿，居然能让 King 对她费心至此。

白浅浅来后，小狮子开朗不少，她又会说话，常常将珍妮也给逗乐，随着离别期限将近，更是寸步不离地缠着小狮子。

小狮子明面上嚷嚷着烦，语气凶巴巴的，但恶劣的动作下包含无限温柔。白浅浅自然是感觉出来小狮子别扭的大男子主义，一点儿也不恼，反倒喜滋滋地全盘接受。

目光扫到窗外坐在秋千上孤寂的背影，小狮子呼吸一窒，手放在唇边做了一个轻点儿的手势。

白浅浅困惑地顺着他的视线望去，心里也是一阵难过。

白浅浅双手搅着衣服："Neil，你去看看时懿姐吧。"

小狮子轻声应道。

白浅浅似想到了什么，突然又拉住他的衣角："对了，时懿姐是天蝎座，喜欢将矛盾的事情放在桌面上慢慢分析。你呢，要是真的想安慰到她，就和时懿姐实话实说，说进她的心坎里！"

"懂吗？"怕小狮子听不懂，白浅浅张了张嘴想用她蹩脚的英文解释一下。

"懂的，我先去了。"小狮子大力地揉了揉她的发丝。虽然不太清楚她说的是什么，但姐姐的性子他还是清楚的。

时懿坐在秋千上，入神地画着手里的画本，也不知道自己想画些什么，按照脑子里浮现的画面随手就画了下来。等反应回来，画本上几笔简单的线条勾勒出一个模样。

是林淮南。

她竟然在想林淮南！

时懿无力地叹了一口气，放弃这页，掀起一页打算重新画。只是这次，她是真的不知道自己想画什么。

"姐。"小狮子略显担忧的嗓音从身后传来。

时懿眼皮子掀了掀，接着耳畔划过一阵风，小狮子在足够大的秋千一边坐了下来。

时懿将视线从小狮子身上收回放到地上："嗯。"

小狮子抿了抿唇，终是决定开口："姐，那案子如果真的找不出凶手，就别找了！"

"……你知不知道你在说些什么？"时懿只觉得全身的血都要冲到脸上了，身体失血般冰冷麻木。

"我知道的，"小狮子语气染上一层笃定，视线灼热发烫，"姐，我反复将视频翻来覆去看了不下万次，我去找了视频的拍摄者，还去找了相关的有任何蛛丝马迹的熟人，但是没有半点儿线索。"

"这凭空出现的视频就像是一个魔障，我们被它玩弄得团团转，生活也偏离了正轨，然而还是不能将凶手绳之以法。"

周围很安静，只有小狮子的声音在响，时懿内心却像是在被什么撕扯一般，有什么东西正在她的心脏里破土而出。

"生活就是这样，很多东西都是没有答案的。可我相信一点。"小狮子目光灼灼地看向她。

时懿嗓音颤抖，睫毛垂得低低的："什么？"

"不用着急抓住凶手，我们等了四年，等到了视频，知道车祸是人为设计的。我们可以再等一个四年，或者四十年，真相总会浮出水面的。"

漫长的时间里，那位杀人犯的心里也不会好过到哪里去！

"……不，太长了，太长了！"时懿摇了摇头，神色突然不安。

小狮子心生不忍，可该说的话总归要说，该割掉的瘤再疼还是要下那一刀子："姐，你和姐夫是吵架了？"

时懿呼吸彻底乱了，却还在苦苦撑着："嗯，吵架了。"

小狮子抬头望着头上的天空，湛蓝的天空没有一片白云："现在分开彼此冷静一下也好。"

姐夫要是真心舍不得姐姐，会追上来的。

"姐，你知道我现在最羡慕谁吗？"突然想到这个问题。

时懿摇头，眼底带着清晰的悲伤。

"是珍妮，"想到珍妮，小狮子语气轻快不少，"珍妮喜欢忙碌，喜欢帮我们修剪灌木和花圃，还需要帮我们准备午餐，那是她觉得她喜欢的事，有意义的。"

"……Neil！"时懿越听心里越觉得不太对劲儿，即便他讲得很美，但她还是忍不住打断，"这些是谁教你的？"

这不是他能说出来的话，还有，他是怎么清楚她和林淮南吵架的？

小狮子脸色浮上不易察觉的红晕，讪讪地摸了摸鼻子："当、当然是——"

时懿直直地盯着他。

小狮子泄了气，坦诚道："是姐夫！"

"在你回英国第一天清晨，姐夫给我打来电话，让我劝你！"

……

林淮南！

时懿捏着画本的手指紧了紧，几乎要将画本撕开，脸色也跟着白了不少："以后他的话，你不用传给我！"

"姐，姐夫是真的担心——"

时懿从秋千上起身，缓缓离去。

小狮子眸子暗了暗，身后伸来一只手轻轻地揉了揉他的头发，接着女人特有的体香飘入鼻中。白浅浅从后环上小狮子精壮的腰："给时懿姐一点儿时间。"

"嗯。"Neil眼皮子掀了掀，胸膛贴在后背上，热源暖暖渗透进来，让小狮子面色缓和不少。

"哎，狮子座这么容易就低头了？"白浅浅松开他的腰，绕了个弯坐在秋千另一边。

小狮子眼里闪过一丝苦涩，她要是见到他前段时间的状态，就不会说得这么轻松了。

他不是低头，就算是低头也是向他姐姐低头。

姐姐个性比他还要来得倔强、极端，却又藏于心底，面子上端得滴水不漏，他真怕她得抑郁症。

事实上，姐夫电话那边简单提了一点儿，姐姐曾经患过这种病。

花园里风静静地吹着，感受到身边男人低沉压抑的情绪，白浅浅将毛茸茸的头枕在他的肩膀上。小狮子心里瞬间微动，像是有无数条毛毛虫从心上缓缓爬过，那感觉，竟不是很糟。

"天蝎座忽冷忽热，时懿姐和林大Boss现在就是两座冰山。"白浅浅眼眸亮得逼人，慢条斯理地分析着。

小狮子挑了下眉。

"天蝎座弱智的地方在于，天蝎座的人越是对亲近的人，心越狠，最爱的只有自己和自己永远得不到的，特别情绪化……"

"我没见我姐和姐夫情绪化。"小狮子忍不住打断，她这个星座学到底准不准呀！

"你听我说完嘛！"白浅浅腮帮子鼓了鼓，她从他的眼神里算是看出来了，他是在质疑她的星座学！

这简直比说她蠢还要让她难受嘛！

"天蝎座情绪变化可能是一秒钟的事，所以不用在意他们心情好与坏，他们的自控能力强悍无比。"

小狮子嘴角抽了抽，继续听着。

"他们的想法和行动常常是不一致的，心里再痛苦都要死撑，喜欢给人一点儿希望，然后又是绝望。"

"……你说我姐和姐夫是变态？"除了变态，他真想不到其他词来形容这种变态性人格。

"你诬蔑我！"她才没那个意思！

"我说话的时候，你不准插话！"白浅浅恶狠狠地说道，奈何她本身就是一个小萌妹子，再怎么扮演凶相还是萌性十足，看得一旁的小狮子只觉得可爱爆棚！

"那你说最关键的。"怕惹恼了她，小狮子不着痕迹地转了话题。

白浅浅气呼呼的，却还是乖乖说了："苦苦哀求攻势绝对没用，频繁联系不是好现象，紧逼战术只能让他对你更轻视，所以目前这样的情势——挺好的！"

"胡说八道！"小狮子嘴角弧度扩大。

白浅浅一时看得怔住了，随即反应过来伸手要去掐他脖子。

谁胡说八道了！谁胡说八道了！

"乖，别闹！"小狮子长手长脚地将她抱在自己怀里。白浅浅身体血气上涌，脑子晕晕的，任由他抱着，但是心底还是不甘心，他凭什么那么开心地说她胡说八道，她哪有胡说八道，他才胡说八道呢！

白浅浅越想越委屈，眼圈红了起来。

小狮子被怀里的小白兔逗乐了，好心地提醒她："我的姐夫，也是一只天蝎座。"

她用别的星座来分析姐和姐夫的婚姻，的确是胡扯。

白浅浅瞬间石化在他怀里，欲哭无泪，打脸了！

"那你现在分析分析目前局势。"小狮子将下巴抵在女人软软的头发上，心情很是愉悦。

白浅浅干巴巴地撇了撇嘴角："两只天蝎——"

天——

好恐怖！

火象碰火象，不是真爱根本就走不到一块儿！

"这个，你让林大 Boss 来英国，他要是不想来，你就骗他哄他，让他放低姿态，用行为来软化时懿姐。"白浅浅语气弱弱的，她能说她是头一次遇到这么棘手的星座配对吗？

骗、哄？

小狮子喉咙紧了紧，姐夫那么精明的人，该说什么能骗到他？

没想到措辞去骗姐夫，白浅浅离别的日期被提上了日程。

白浅浅离开那天，天上下着雨，小狮子一个人去机场为她送行。

时懿听见敲门声，放下手里的书，一开门，眉头皱起："你怎么来了？"

男人眉睫低垂，水光潋滟的眼，给人一种毫无攻击性的柔软感："Lisa，你让我好找。"

时懿没听出钟梵话里的深意："进来吧，雨大。"

"嗯。"钟梵淡淡地应了一句，走了进来，目光扫视一下四周，里面的一切几乎没怎么变。

只是，住在这个屋子里的小女孩长成了女人，嫁了人。

钟梵一时觉得喉咙干涩，眼神愈发妖冶冰冷。

"《双生花》公映不错。"男人脚步不紧不慢地跟在时懿身后。

时懿轻轻应了声，能让他说不错的，应该很不错了。

"不少颁奖典礼上会出现你的名字。"

她在电影里出场较少，每笔却都是浓墨重彩，尤其是最后，影评下方谈论最多的是关于灵音这个人物最后的命运归属。他曾看到一条很是出彩的评论。

如果说灵歌是一朵火凤凰花，那么灵音就是一朵相对清淡的山茶花，爱的时候，哪怕知道自己爱上灭国的仇人仍是爱了，义无反顾、沉默中迸发着无声的呐喊。

所以她那一刀，刺向的是他，还有她自己。

"Lisa，我想在你这里歇一段时间。"工作什么的，他让经纪人能推掉的推掉，不能的就推迟。

同期拍两部重量级电影，他真的需要好好休息一下。

时懿眼底闪过一丝复杂，回眸看到男人脸上略显苍白的神色，那么一瞬间心底微微刺了下，她和他真是太像了："嗯。"

时懿为钟梵收拾好客房，钟梵站在阳台上，没有动，视线落在眼前花园里那一片盛开的花圃中，被细雨浸润后每朵都绽放着独一无二的光泽。

钟梵没由来地烦躁起来，手伸入口袋掏出打火机和香烟，升腾起的烟雾凌乱了整幅画面。

Lisa——

你会原谅我吗？

刚才一路走过来，那位被时懿点头叫珍妮的奶奶，看她模样，像是隐隐记得他，又像是不记得。

想到这里，钟梵心头竟诡异地平静下来。

送走一个人，回来又多了一个模样俊美的男人。

小狮子目光深沉地锁着钟梵，不发一言从他身边走过。

刚踏进卧室，关好门，掏出手机拨打一个远洋电话，电话好久才被接起："喂。"

"姐夫，家里来了一个男人。"

小狮子想打这通电话想了很久，只是他不擅长骗人，姐夫的洞察力又极为敏捷，他生怕自己泄露马脚。

现在好了，姐身边真的多了一个男人，且不管他们什么关系，先通风报信再说。

电话那端，林淮南放下手中的笔，眼神深沉无比："是谁？"

"嗯，我认识他，他就是中国现下炙手可热的影视明星，钟梵。"

大街上、地铁上，到处都是他的海报，他想不知道都不行。

钟梵！

林淮南顿了顿，露出寒星似的眼睛，声音沙哑而性感"在我赶到之前，不准他们有任何肢体接触。"

"这个，姐夫，在英国亲吻脸颊……"小狮子的声音故意拖得很长很长，礼仪性的亲吻，没人会阻止的哦。

林淮南猛地挂了电话，胸口一阵窒息，松了松领带，拿起笔又放了下来。

该死的，钟梵竟然在这个时刻跑到她身边去。

"表哥，他真的是去找嫂子了。"女人身子陷在真皮黑沙发里，艳丽的脸庞滑过一丝隐忍。

宋清欢语气有些淡漠，表哥向来端得住，时至今日，能让他破功的，除了嫂子，也没人会这么不让他省心了。

林淮南冷冷的声音传来，喜怒难辨："嗯。"

放任小蝎子太久了，的确是有些无法无天了。

钟梵本身就是个妖孽，行事作风毫无章法，他可以从那个男人眼神中瞧出一些端倪，他对时懿有那么几分意思。

宋清欢懒得揣度他的意思，反正她也猜不透，就像钟梵。

《双生花》刚上映三天，他就放下一大堆烂摊子毫无预兆地坐飞机到了英国，他难道不知道现在去英国有多危险，时懿和时师那对姐弟正着手调查车祸真相，她是真的不懂，为什么要去！

"表哥，我要去英国。"宋清欢闭了闭眼，吐字清晰。

没办法了，既然他将自己置身险境，她能做的就只有陪他了！

林淮南锐利的黑眸直直地看向她："嗯。"

……

在中国，时懿的名气远不如钟梵，但是时懿先前拍摄了不少著名的广告品牌，在英国有了些名声，出门在外时不时会被人认出来，尤其是在市中心品牌店密集的地方。钟梵和时懿并肩走在一起，男的邪气女的冷艳，不少镁光灯、摄像头纷纷闪了过来。

"我转行做模特也不错。"钟梵眼底漾起一丝若有若无的笑意。

他一米八五，个头高挑，加之经常锻炼，身上也有不少结实的肌肉。

时懿淡淡地点头："是不错的。"

对于镜头，时懿泰然处之，微笑点头打了招呼，拉着钟梵的衣角快速走进一家男装品牌店。

钟梵挑了几件衣服，站在镜子面前比画，时懿坐在椅子上慢条斯理地翻看时尚杂志。

钟梵略沉的声音不轻不重地传了过来："有人在看你！"

时懿没抬头："嗯。"

"他还在看，是一个矮胖子，啤酒肚，地中海。"钟梵的描述越来越细致。

时懿眉头微皱，心头慢慢有一个地道的英国大叔的轮廓形成。

钟梵见时懿还是没反应，目光阴冷地射了过去，谁知那个矮胖子竟还朝他挥了挥手，顿时眉头皱了起来："他在朝你挥手！"

"他过来了！"钟梵咬牙切齿道。

时懿这才从杂志中抬起头，一个洋人大叔，是有些胖、有些矮，头也有些秃，但没钟梵说的那么面目可憎。

洋人大叔心情愉悦地同他们打了个招呼："嗨，美丽的女士。"

钟梵不着痕迹地插了进来："你是哪位？"

洋人大叔没察觉到男人身上的戾气，仍旧笑眯眯地盯着时懿："我是 VS 创意总监 Sophia。"

VS——

钟梵和时懿默契地挑了一下眉，看向洋人大叔的眸子深邃起来。

"嗯，美丽的女士，不知道你是否对 VS 感兴趣，有意参加今年的面试？" Sophia 从口袋里掏出一张名片，双手递到时懿面前。

就是时懿是再淡定的人，也不由微微张开嘴，惊愕地从椅子上起身，弯腰双手接过他手里的名片。

VS，维密。

目光从名片上收起，时懿嘴角微扬，对着 Sophia 点了点头："嗯，可以参加的。"

"OK，期待能在维密 T 台上见。"

Sophia 此刻含蓄起来，微笑点头，他很看好这个充满东方韵味的女孩。

维密天使——

时懿心底隐隐流淌着一股异样的兴奋，冷静过后才想到自己拿到的不过是维密的一张入场券，并非已经站在维密的 T 台上，她还需要经历重重选角，一步一个脚印走下去。

维密选角在中国圈内也不是一个新鲜事，其中流传很广的是维密模特选角过程的"可怕"。

模特需要在一个很长的、打着极强白炽灯的房间里来回走完全程，接受整个维密团队的现场考察。这样的考察最终决定她是否加入"天使"行列，但是这种选秀方法很容易粉碎模特的自尊心，对模特的心理承受力是极大的考验。

"有信心吗？"钟梵见她一脸凝重，不由柔声开口。

时懿细细想了一会儿，如实道："如果不从现在加强锻炼身体，很难过。"

"嗯，我陪你。"钟梵说得行云流水。

时懿点头："好。"

驱车回到家，时懿上网查看一下维密参赛时间，她还有一个月可以准备。

根据自己的身体状况，时懿为自己制订了一系列苛刻至极的饮食计划，每天两次高强度健身训练，只喝蛋白质奶昔外加维生素补充剂，每24 小时喝 1 加仑水。

钟梵第一次见到她的计划表，差点儿将她的计划表给撕了！

好在，稍稍存在的理智将他阻止下来。

模特圈生存的严苛，一点儿不比娱乐圈来的轻，时懿要是真想站在维密 T 台上，势必得经受这些。

但是，钟梵眸色又沉了下去，她身子刚经历流产，这么大的训练量，她吃得消吗？

这世间繁华荒凉，情爱欲盖弥彰，他只觉内心温柔没顶，一簇小火，幽幽地燃着，疼痛着，却又温柔着，只对她存在。

他想感情是可以焚城的，他遇到她了，一不小心放纵了感情对她怜惜，逃到天边的这份怜惜也注定要一世跟着他。

宋清欢直直地盯着手机屏幕，脸色刷白，手指扣着手机泛着丝丝青紫。心里猜测他去了时懿处，和亲眼见证他和时懿走在一起，还是有区别的。

前者，让她还存着幻想，后者则是无情地将她这点幻想一点一点击碎！

待缓过神儿来，情感作祟，先一步于理智将外媒拍的时懿和钟梵走在一起的照片发送给林淮南。

表哥，如果你真的爱时懿，你真能眼睁睁地看着她被别的男人拥入怀里？

"照，将我的戏份通通推迟！推迟！我要去英国！现在、立刻、马上！"

照，她的经纪人。

挂掉电话，宋清欢整个人都沉默起来，坐在阳台的贵妃椅上，双眼无神。

　　钟梵——

　　你是不是除了时懿，真的不会再爱了？

　　背负着那么深重的罪孽待在时懿身边的你，到底可以撑多久？

# 第十章

见到眼前的男人，她不是没有做好准备，只是当这一刻如此仓皇地到来时，时懿眼底还是闪过一丝慌乱。仅仅是一瞬，却还是被林淮南敏锐地捕捉到了。

"你是怎么进来的？"

她只是睡了一个午觉，一睁眼，便看到男人坐在她的床边。

回应时懿的是男人滚烫的怀抱。

时懿在他怀里不安地扭动，抗拒。明明几乎歇斯底里，却被他封堵得没有半步退缩躲闪的余地。她全身都在剧烈地颤抖，又羞又怒，几乎要崩溃，可男人却不饶过她，低头重重地吻在那让他日思夜想的唇上。

时懿推拒不得，只得死守嘴巴。

林淮南眼底闪过丝丝笑意，略带宠溺，张开牙齿咬上时懿粉嫩的唇，力道一点儿一点儿加重，大手开始一寸一寸在她身上流连抚过。时懿说不出是嘴巴吃痛，还是其他什么感觉，牙齿微微开启，男人眼眸猛的一沉，舌尖伸入同她的纠缠在一起。

良久，时懿浑身无力地趴在男人怀里，脸颊涨红，气喘吁吁，想问的话堵在喉咙里，一个字都吐不出来。等到体内稍稍有了力气，她一时又不知怎么开口，最后只是低垂着眼睫，不想同他说话。

"你和钟梵，打得很火热。"男人的嗓音沙哑性感，略带惩罚地含住时懿精致的耳垂，只让她浑身如同触电般敏感地战栗着，却不能动弹半分。

"放开我！"时懿对自己的过于敏感有些难以启齿。

林淮南面容沉静，黑色的眸子紧盯着她，似乎不想放过她脸上任何一丝表情。

"你明明喜欢我，为什么要抗拒？"

林淮南松开她的耳垂，将她整个人压在身下。

林淮南亲了亲她的额头、眼睛、鼻子，时懿被她吻得心底直痒痒。他知不知道他现在赖在她身上就像条巨型大狗一样！

"英国、时间，我给了，凶手找到了吗？"男人淡淡的一句话，让时懿身体的力气瞬间被抽走。

林淮南又咬上了她的下巴，时懿眉头皱了皱："没有。"

"我本就没指望你能破解！"

时懿打定主意不想理他！

"好了，陪我睡一会儿。"

耳边是男人低沉悠远的声音，时懿不满地瞪了过去，视线看到林淮南眼睑下淡淡的阴影，心里软了下来，挣扎的动作慢慢收了回去，静静地躺在男人怀里。

时懿本打算在男人怀里眯一会儿，等林淮南睡着了便爬起来，却没想到自己比想象中还要贪恋那份温暖，醒来的时候，竟是在男人腿上，一抬眸便对上他那双漆黑深邃的眼眸。

林淮南衬衫领口的纽扣松了两颗，露出男人性感完美的锁骨，脖颈处静静地躺着他的那枚天蝎座项链。

时懿喉咙有些沙哑："几点了？"

"七点。"林淮南俯身想要亲她的额头，时懿不着痕迹地从侧边坐起，避开他的亲吻。

"如果没什么事的话，你可以回自己的家。"时懿眼睑半垂，语气温温地下着逐客令。

自己的家？

林淮南眼底沉了下来："我的家就是你的家，你的家也是我的家，你让我离开自己的家去哪里？"

一字一顿，男人笃定的声音有力地穿透时懿的心扉，湿热了她的眼角。

这男人，怎么可以将这些话说得这么理直气壮？

"你的家，不是我的家。"生生逼退眼角的酸涩，时懿语气愈发冷漠，黑眸直直地望进林淮南眼底深处。

"林淮南，你我都很固执。"

她一度以为她和钟梵是同路人，他们冷漠、自私，只关心自己爱的人，但现在看来她和林淮南才是一路人，同样的固执，同样的不肯妥协。

"我不在乎那一纸离婚书，但我们的婚姻，在我心里名存实亡，再也……不会好了。"

她要离婚协议书不过是为了和他断得彻底，可如果为了它而和林淮南继续纠缠不清，倒不如挑个离他远远的地方过着自己的生活，从他的视野里彻底消失，或许过了一年、五年、十年，总有一天他会碰上让他喜欢的女人，到时候再签署离婚协议也不晚。

"因为，孩子？"林淮南语气轻得可怕，到了最后，甚至连尾音都是轻颤颤的，一直颤到时懿的心坎里。

时懿沉默了，良久，哑然失笑："是！"

因为孩子！

"就像那个死去的孩子，你我的婚姻，随着他的死亡，而走向——"

"唔——"

林淮南面色深沉入如水，大手猛地钳住时懿的腰肢，将她紧紧抱到自己胸前，低头重重吻上她的唇瓣。

吻带了很重的意味，林淮南像是下足了力道想要叫她不好受，牙齿一点儿一点儿碾着时懿的唇瓣，刺痛细细密密地钻进她的口腔，时懿吞下他给的疼痛，漠然地闭上眼，接受他越来越深的惩罚。

瞧，林淮南，不管你现在怎么做，我都可以置身事外！

你说我是一只蝎子，那么，我是。

如果蝎尾上的那根刺，刺穿不了对面的人，那么就让那根刺，刺进自己的心脏。

"我不准，时懿！"林淮南呼吸急促，眼神失了以往的镇定，变得凌乱起来，"失去那个孩子，我们还会有下一个孩子！"

下一个孩子？

他到底要自欺欺人到什么地步？

时懿的眼角盛了晶莹："我的抑郁病，我现在的身体状况，不适合生孩子。"她已经将自己置身于一片黑暗中，她不想要见到光，那样就可以保护自己不再被光灼伤。

"……你知道病情？"林淮南呼吸微微一窒，一向平稳的声音出现了起伏。

"我让浅浅帮我去医院问了。"她的身子需要调养。

"上次，孩子是因为母体脐带缠绕——"

"归根究底，是我的错！"

从一开始她就不是一个好母亲，孩子在她的身体里，她动不动就情绪失控，她没办法控制自己难耐的嫉妒之火，以至于失去她！

眼前的女人神色麻木，眼底涌动翻滚着的悔恨让林淮南一阵心痛。

小蝎子，你竟一直都在责怪自己！

"咚咚——"

敲门声响起，时懿深深地呼吸一口气，从男人怀里爬出来开了门，是小狮子。

"姐，喊姐夫一起吃饭。"小狮子语调平平，看着时懿微红的眼睛移开视线。

"嗯，你先去。"时懿清楚自己此刻的狼狈，她想小狮子或许是知道的，她一直以为自己在他面前将情绪藏得很好，但其实，还是拙劣的演技。

在房间里磨蹭了一会儿，时懿和林淮南两人一前一后走到客厅，餐桌上就差他们两人。

"坐，Lisa。"珍妮抬头冲他们微微一笑。

时懿手指掐住掌心，露出一个得体的笑容，挑了一处最近的椅子坐下，随后男人跟着坐在她旁边。

地道的新鲜牛排，外加一杯醇香的葡萄酒，今天的晚餐珍妮费了一番心思。钟梵率先端起旁边的葡萄酒，妖冶的酒，配上妖冶的人，映得他那张妖冶的脸愈发艳丽。

"Lisa，酒可以喝点儿。"钟梵拿起高脚杯，时懿在心里默默叹了一口气，端起杯子与他干杯，稍稍抿了一口。

她的晚餐和珍妮打过招呼，晚上准备蔬菜水果，不放沙拉。

林淮南阴郁的黑眸淡淡地投向钟梵，拿起刀叉从牛排上切下一块："钟梵先生，《樊城日记》的影片预告我看过，很不错。"

《樊城日记》——

钟梵眼睫微垂，嘴角仍挂着弧度："能得林总赞赏，是我的荣幸。"

"哪里，您年纪轻轻，却可以将一位畏罪潜逃的犯罪分子的心理活动演绎得如此淋漓尽致，这才是让人折服的地方！"

林淮南这话说的是真心话，预告片短短三十秒钟，但他作为主演却能抛弃自己妖孽的外表，将角色表演得丝丝入扣，委实不容易。

《双生花》的男一号，足以让他问鼎影帝，《樊城日记》无疑是锦上添花，会在今年为他带来足够的名誉。

时懿默默地吃着自己盘里的生菜，小狮子低头优雅地切着盘中的牛排，姐弟俩默契地选择在餐桌上退避三舍。

林淮南余光落在时懿的盘里，眉头皱了起来。这类完全低热量的晚餐，她一般只有在快要进行 T 台走台才开始进行。

"叮——"门铃突然响起。

这个时间点，谁会来？

"我去开门。"时懿放下叉子，起身走向门口。

钟梵也放下餐具："我陪你。"

"拒绝无效。"在时懿开口前，堵住她的话。

时懿盯着他三秒钟，抬脚走去，钟梵嘴角勾起，略带挑衅地看着坐在椅子上把玩高脚杯的林淮南。

出了门，还有一段鹅卵石的小路要走，时懿一言不发地走着，神思有些游离。

"Lisa，别光顾着脚下，天边的月亮也很美。"男人俊美的脸瞬间魅惑无比。

时懿抬头望了一眼月亮，清冷冰凉，美则美矣，却很不真实。

"又走了几步"，钟梵笑得妖艳，不紧不慢道，"你知道的，这世上从来都是一个萝卜一个坑。"

"Lisa，林淮南从你心里跳了出来，那么现在能将我放进去吗？"钟梵脚步顿住，直直地看进时懿眼底。

时懿刚要直接拒绝，待看清钟梵眸子里的坚毅，淡淡转过头："那是萝卜，不是感情。"

即便她想将林淮南从她心里踢走，她却从没想过让除他之外的男人进来。

"钟梵，我当你是朋友。"除此之外，别无她想。

钟梵神色妖冶生姿，媚色入骨，俯首缓缓凑到时懿脸前，只要再稍稍低下去那么一点点，几乎就能碰到时懿的唇："别躲，试试你到底对我有没有感觉。"

时懿下意识地想要咬住下唇，却没想到无意的一个举动惹得钟梵眼眸一暗，俯身吻了下去。

他的唇，很凉，像是月光一般，没有什么滋味，淡淡的，在时懿的唇上流连。

钟梵浅尝辄止，额头却出现一片细微的汗珠："怎么样？"

原来单单是她的一个吻，就能令他紧张至此。

又来了！

那种无处不在的压迫感，时懿有些狼狈地收回自己的视线，只觉得胸口闷闷的，一道压迫凌人的视线从旁边射了过来。

慌乱地抬头看去，时懿呼吸一滞，林淮南。

他怎么跟来了？

钟梵顺着她的视线看去，嘴角弧度上扬："林总。"

林淮南眼底凝聚着大片阴暗，像是没听到钟梵的话，死死锁着神色半敛的女人。

她竟然敢让别的男人吻她！

一股说不清道不明的情绪从心里升腾而起，长久以来的相处让他对她的性子了如指掌。她肯让别人碰他，说明那人在她心底已然不一般！

"小蝎子，你太不该了！"

林淮南一步一步如恶魔般欺身上前，时懿缓过神儿来，抬脚刚想跑，却猛地被一只长臂钩住揽入男人滚烫的怀里。他的力道太大，几乎像是想要将她的腰肢给折断。

"林淮南，你放开我！"时懿疼得想叫，脱口而出的话语气有些坏，他真的弄疼她了！

"不可能！"林淮南轻松地将她拦腰抱起，面无表情道，"你是我的妻子，现在是，以后也是。"

时懿被他骇人的表情怔住，只能死死地攥着林淮南的衬衫，唇抿成一条线。

待林淮南将时懿抱远，站在原地的钟梵眼珠子才动了动，心底升腾出的薄凉寒了他整个胸腔。

即便是臣服在盛怒下的林淮南，她还是不愿开口求助就站在她身边的自己！

钟梵眼底的冰破裂开来，里面涌出来的压抑让身后的夜色都变得透明起来。

继续向前，开门。

门打开，钟梵危险地挑了下眉。

女人脚下是奢侈的 LV 行李箱，娇媚的面容下，眉宇间添了几分忧伤。

宋清欢眼里很是纯粹，盯着他："好久不见。"

"……表哥表妹，都来了。"钟梵话里隐隐有些嘲讽。

宋清欢精致的脸上闪过一丝惊色，不是惊讶于他的到来，而是他来的速度，真是太快了。

短暂的惊愕后，宋清欢神色转变如常。

表哥吃亏就吃亏在，还没理清自己对时懿的心意，就娶了她，时间也因此变得光怪陆离起来。

现在时间对了，时懿肯不肯放下自己的自尊来接受表哥，又是另外一回事了。

"嗯，我的一个朋友也来了，她在停车，马上到。"宋清欢淡淡地说道。

哒哒——

高跟鞋在夜色里悠远响亮。

钟梵没什么兴趣，神色淡漠地转身："嗯。"

宋清欢呼吸窒了窒，眼睁睁地看着他离去的背影，心痛得快要死去。

"他就是你心心念念的男人。"女人笃定幽冷的话从夜色里缓缓传来，宋清欢疼得难以控制自己的情绪，字卡在喉咙里，最终只是重重地点了点头。

傅雪一张雪白的脸从昏暗的光线中缓缓出现，漆黑的瞳孔闪过一丝漫不经心："不敢进去了？"

宋清欢闭了闭眼，稍稍平复下情绪，艰难地开口："进去的。"

他在里面，她就一定要进去。

"砰——"

林淮南绕过客厅，直接抱着时懿走进她的卧室，毫不客气地将她扔在大床上，还没等时懿从陷下去的床上爬起来，男人滚烫的身躯重重压下来。

"你不准强迫我！"时懿倔强地撇过头，下颌却被男人粗糙的指腹捏上，强迫她与自己对视。

"我会让你爱上我的。"

"你，无耻！"如果不是双手双脚被男人给困住了，她真想踹他一脚。

"小蝎子，原本我打算慢慢来的，但是你竟然敢让其他男人碰了你这里。"林淮南松开她的下巴，手指游离上时懿娇嫩的唇瓣，狠狠揉搓着。偏偏时懿也是个倔性子，死活不肯松口，直到口腔里溢出一丝血腥味，林淮南的眼神才渐渐清明起来，放开她的唇瓣。

时懿一口气还没松到底，林淮南的嘴巴继而又辗转在她的唇上。

"你这口是心非的毛病，我真是又爱又恨。"有时候一点儿退步都不给他，就那般固执地坚守自己的原则，不管对错。

……

他难道以为他会比她好到哪里去？

很多时候，她连他的真心都看不懂。他从不说爱，和她之间的话语也很少，但偶尔说起情话来却甜到发腻，存心叫人沉沦到底。

尤其是刚刚结婚的那段时间，他给了她妻子的身份，却从不带她出入公共场合，也不介绍他的朋友，他们只在床上做着他想做的事。

时懿全身的力气就像被抽走一般，没再抵抗男人俯身落下的滚烫："和我结婚时，你爱我吗？"

她在偌大的林家里像是一块发了霉的蘑菇，没人关心她愈来愈阴暗的心理，生活于她就是让她于孤独的自身状态中寻找乐趣。

自此，她不停地画画，画鸟语花香，画桌子椅子，画建筑，偏偏就是不想画那个一直惦念在心尖上的男人。

来到中国，她与他的确有过一段缠绵的时光，可是如今想来，她却更彷徨了，她要的从来都是一份果断的独一无二的感情。

他给的，到底是真实的，还仅仅是她的一厢情愿？

时懿湿漉漉的水眸亮晶晶地望向男人，林淮南呼吸顿了顿，手指穿过她的发丝，勾起一缕放到唇边亲了亲："那时候，我不太清楚。"

"应该，是不爱的。"

……

不爱的——

时懿被他嘴里的三个字刺得心头血液汹涌而出，疼得她几乎快要不能呼吸。他现在凭什么敢这么伤害她，林淮南，难道就因为我爱你，就要忍受你给的屈辱？

"你走，你走，我不要再见到你！"时懿抽出自己的手，拼命拍打林淮南的身子，她真是讨厌死他了！

林淮南不阻止，身躯承受着她带来的痛楚："我不想骗你。"

他没谈过感情，不懂感情到来的时候，是怎样的一个情况。

直到她一言不发地回到中国，在他眼皮子底下独自生活了好一段时间，他才恍然明白，原来，从很久很久以前，他的心就偏向于她了。

时懿打得掌心通红，心底对男人的不忍在视线触及男人低垂下的睫毛时彻底没了。

"从我的身边离开，从这间卧室离开。"决绝的口气不容商榷，时懿脸色涨红，说完闭上眼不肯再看头顶上的男人。

"小蝎子。"男人淡如柳絮的嗓音轻轻响起，滚烫的气息喷洒在时懿敏感的皮肤上，战栗一直从皮肤渗透进血液，滚入四肢百骸。

"别气坏了身子。"

时懿心里狠狠地颤了颤，长密的睫毛微微颤抖。

良久，男人的身子从时懿身上移开，不一会儿，时懿脖颈处传来微微的寒意，像是有什么东西挂了上去。

时懿强忍着心头的酥麻，不想睁眼，不睁眼，但偏偏在男人快要从床上下去的那刻，睁开了眼。

忽然，对上男人深邃如潭水般的眼眸，时懿怔了怔，快速别过头去，不想再看他一眼。

林淮南眸子闪了闪，没有说话，脚步轻轻地走了出去。

确定林淮南走后，时懿伸手摸上脖颈处，是那条天蝎座项链。

他带来了这条链子。

幽幽地叹了一口气，时懿从床上坐起来，伸手作势去解脖子上的项链……

"表哥，我和Snow能不能也在这里住下？"宋清欢面色讪讪，有些尴尬地站在餐桌前，反观傅雪径直坐在了时懿原本坐的椅子上。

小狮子眼睛瞪圆："不好意思，那是我姐姐坐的。"

傅雪柔柔一笑："她现在不在，椅子总归是要有人坐的。"

"她马上来。"这女人的脸皮，真的不是一般的厚。

"她来了，旁边还有其他椅子。"傅雪打定主意就是不肯离开这张椅子了。

钟梵漫不经心地听着两人的对话，小狮子脾气不好，但遇上眼前的女人，怕是要吃亏。

话说有条不紊、思维敏捷、心理强大，宋清欢是从哪里交来的这样一个朋友？

"清欢，站着干什么，坐啊！"眉眼扫到宋清欢，傅雪眉头拧了起来。小姑娘这样追求男人，难怪那人死活不能到手。

宋清欢眸子垂了垂，在钟梵旁边的位置坐了下去。

"林淮南和时懿呢？"傅雪挑了下眉。

"不关你的事。"小狮子脸色很黑，这两个女人进来得莫名其妙。

"哦。"傅雪点了点头，视线看向宋清欢，"清欢，我记得没错的话，林淮南是你表哥。"

"表妹问问表哥，人之常情吧。"

宋清欢一点儿也不想成为他们两人之间的炮灰，嘴角抽了抽："别闹了。"

"我们今晚只是来看看，待会儿就回去。"

傅雪眼底笑意深了深，嗯，毕竟来日方长。

直到晚餐结束，林淮南和时懿都没出现，钟梵阴测测地将盘里的牛排大卸八块，细嚼慢咽。宋清欢怔怔地看着他的侧脸，又默默低头看向桌子。

钟梵，千万，千万别将自己搞出什么幺蛾子。


英国是深秋即将进入冬至时分，天也快下雪了。时懿同钟梵去健身房出来，早已大汗淋漓。

"Lisa，你可以多尝试其他类型的运动。"单单跑步而言，会让身体很快适应这种程度的节奏。

时懿咬着下唇，用挂在胸前的白毛巾擦了擦额前的汗："懒癌入骨了。"

她不是很喜欢举哑铃这类的运动，看着都累，还是跑步轻松一些。

"可我觉得，你的胸部应该再挺一些，腰肢再细一些，臀部再挺一些，嗯，然后就可以了。"

时懿嘴角微微抽搐，她还是头一次听到有人这么评判她的身体的："哦，你拿我和谁对比的？"

钟梵勾了勾唇："吉赛尔·邦辰。"

……

时懿又拿起白毛巾擦了擦汗，深深呼了一口气："那你说，我该做什么运动？"

"我可以教你。"男人磨了磨牙，面无表情地朝着时懿和钟梵走来。

吃个早饭，两人就跑到健身房了，还真是很默契呀！

一字不差地将两人的对话听了过去，林淮南走到跟前，大手揽上时懿的腰肢，眼睛盯着钟梵："你照样跑步，我会用我的方式帮你的胸挺、腰细、臀高。"后面的几个字林淮南咬字格外抑扬顿挫，话里含着丝丝情绪，时懿听得眉头越皱越深，心底隐隐划过一道不安。

"林淮南。"生怕他当着别人的面，说些不该说的话，时懿手指偷偷捏住男人的腰，暗自使劲。

林淮南眼底杀气渐重，语气更冷："今晚我们试试，说不定明天就能看到成效！"

"……你放开我。"时懿脸皮到底还是薄，白皙的肌肤绯红一片，红晕染到耳根处，林淮南视线略略扫过就是一僵。

钟梵淡淡地笑了笑，眼底闪过不知名的神色，动了动嘴皮子："嗯，也好，我去冲个澡。"

抬脚离开。

时懿望着钟梵远去的背影，神色复杂："林淮南，别幼稚得跟个小孩子一样。"视线看向林淮南，又是沉稳无波澜。

"他喜欢你。"林淮南一想到这件事，就有些想要杀人。

"你既然不想接受他，为什么还要在乎伤害不伤害他？"

"你——"时懿脸颊又是一热。她没想到自己的心思竟会被林淮南洞悉得如此彻底，惊愕过后心头又是一凉："我现在也不想接受你。"

"你该知道的。"那他怎么不聪明地从她身边离开。

林淮南松开她，时懿身子微僵。他冷冷地瞧着她，说道："你看，我一旦松开，你脸上又是一副被抛弃的模样。"

被抛弃……

时懿额头上的青筋突突跳着，这男人以前怎么没觉得他会这么无耻？但身子刚才的僵硬，让时懿竟无法反驳他的话。

或许，她还没能放下他，但是总归有一天，她会做到的。

"我那个表妹，一向心高气傲，却折在了钟梵手里。"林淮南不着痕迹地撇开话题，他本来不想插手她的事，但是那个钟梵，实在是碍眼了。

提到宋清欢，时懿嘴巴抿起。她最近来得挺勤快的，来了之后什么也不做，只是静静地守在钟梵身边。很多时候，她望见宋清欢红着眼，眼底的深沉凝重完全超出了爱情，看得她只觉得呼吸沉重，不明白她心底到底怀揣了什么。

"你想我帮他们？"时懿眉头没有舒展。

林淮南淡淡点头："你愿意吗？"

时懿摇头，没有任何犹豫："林淮南，我就算不喜欢钟梵，我也会尊重他的意愿。"

"如果我发现他喜欢上宋清欢而不自知，我想我才会帮她。"她不想去做一个吃力不讨好的事。

感情，旁人是取代不了的。她最怕的是，钟梵会因为她的撮合，而选择和宋清欢将就下去，那根本毫无意义。

"哦，"林淮南慢慢应着，眼底却忽然蹿起两道暗火，"你放不下他，时懿。"

时懿没有答话，抬脚要走，林淮南长臂一勾，又将她抱入怀中。

"你放开我。"

"我不准你放不开他！"霸道的语气听得时懿心里直发笑，他哪只眼睛看到自己放不开钟梵了？

"我当他是朋友，我不想随便插手别人的人生。"

时懿冷冷地说道："而且我知道，在我流产的时候，送我进医院的是他，守在我身边的也是他！"

他不是信天蝎星座的吗？

可以去翻翻这个变态的星座，自私、敏感、害怕受伤，喜欢钻牛角尖。但是一旦入了心的东西，旁人便动不得。

"还有，别老拿钟梵说事。"时懿咬了咬牙，将心底的不爽倒了出来，"Neil同我说了，陪宋清欢一起来的，还有你的一个追求者。"

……

林淮南深黑的眼眸猛地亮起来："你在吃Snow的醋？"

吃醋？

不，她是天蝎座的，是喝醋！

"才不是。"时懿狠狠地瞪了他一眼，低低地，快速地撂下一句，从他松开的怀抱中脱身而逃。

一出健身房，时懿便狠狠地拍了拍自己的脸颊。

从他来英国那刻，她好像变得越来越不像自己了，胡乱吃醋、乱发脾气，哪里还有以往的沉稳？

她该不会直接从抑郁病，跳跃到暴躁症了吧？

"Lisa。"珍妮慈爱地拍了拍她的肩膀。

"在这里发什么呆呢？"

时懿缓了缓神儿，体内的冰冷又快速冻住血液，让她的理智沉下来："嗯，珍妮，什么事？"

"陪我去花圃里走走。"

"嗯，好。"时懿伸手挽住珍妮的手臂，她在珍妮面前是正常的。

相伴无言走了一会儿，珍妮眼底的困惑越来越深，慢慢说道："我最近，一直在做一个梦。"

"梦？"语调平平，时懿只是听着，配合地问道。

珍妮说话需要提前将语言想好，时懿耐心地等着，并不催促："我老是梦到先生和夫人。"

　　时懿面色僵了僵，呼吸放缓："他们，怎么样？"

　　时懿不敢想象父母的容貌，可偏偏一提到他们，她的眼睛就酸涩得厉害。

　　"Lisa，他们很好，不用担心，"珍妮笑了笑，"或许，我很快就要见到他们了。"

　　"珍妮——"

　　时懿眼角猛的一烫，眼泪差点儿掉了下来："别去，我和Neil需要你。"

　　珍妮慈祥地眯了眯眼，很快，就不需要了。

　　这个家庭在沉寂了两年之后，终于有了前所未有的热闹，她是真的很高兴。

　　Neil带来了自己的女朋友，Lisa的老公也回来了。

　　"对了，Lisa，还记得Edward吗？"似是想起了什么重要的事情，珍妮眼底闪过一丝淡淡的惊喜来。

　　他还是很好看，她一眼就认出了他，就是一直不记得说这事。

　　"Edward？"时懿语气莫名急促起来。

　　她没有在珍妮面前叫过钟梵的英文名，一次也没有。

　　"珍妮，你说的是钟梵？"

　　"Edward是个命苦的孩子，"珍妮陷入了自己的回忆，喃喃说道，"大冬天的，一家三口被先生扫地出门。"

　　Dad？

　　这完全不符合Dad的行事作风。

　　时懿呼吸有些不畅，如果钟梵真的是Edward的话，那么他应该是认识自己的吧？

　　那股惊艳感，甚至带着淡淡的似曾相识……

　　蓦地，一股莫名的感觉从时懿心头划过，震得她手脚冰凉。

# 第十一章

对付蝎子这种复杂危险的生物,林淮南想要拔掉蝎子尾巴里的毒针,却又心生不舍。

最近,某只小蝎子的脾气性子还是极其冰冷。

傅雪从阴影里走了出去:"你是真的中了那个女人的毒了。"

没有宋清欢和时家的那层关系,她来时家走动不算很勤。

林淮南沉沉地扫了她一眼,没有说话。

"这些日子,你们俩的那点破事,我也算是看明白了。"

三个字,互相作!

时懿心里明明是有 King 的,但是想要让她承认又是各种死鸭子嘴硬,而 King 呢,舍不得用强,软的人家不吃。

傅雪眼底闪过一丝笑意:"不妨试试和我在一起的感觉,如何?"

林淮南面无表情。

傅雪眯了眯眼,娓娓说道:"感觉不会差到哪里去的。"

······

时懿蜷在沙发上,面无表情地透过窗户看到花圃里的一男一女,手里画本上的纸画了又撕,撕了又画。

小狮子难得见自家老姐淡定不住的模样。

"姐,那 Snow 长得不赖。"小狮子站在窗口,添油加柴。

时懿铅笔停在画纸上。

"咔——"

铅芯应声而碎。

她当然知道，那位 Snow 小姐长得漂亮。

"姐，别气坏了身子。"小狮子盯着断芯的铅笔心里偷偷比了一个"V"。

时懿抬眸，淡淡地瞧着他："Neil。"

小狮子被看得毛骨悚然，敏捷地后退："姐，我想起来，今晚我有个派对，我直接睡同学家了，不回来了。"

"嗯。"时懿挑了下眉，一本正经地点了点头道，"我想我应该给浅浅打电话了。"

小狮子毛茸茸的头耷拉下来，他去的只是一个单纯无害的派对好不好。

一眼瞧出小狮子的想法，时懿淡淡地补充一句："你说，她是信你还是信我？"

······

小狮子欲哭无泪，老姐真是太狡猾了："我闭嘴好了，不说了。"

时懿换了一支画笔，拿起来勾了几条线，又放下笔："不是说今晚要去派对，准备一下吧。"

得到恩赦，小狮子赶紧脚底抹油——溜之大吉。

习惯性地抬眼看向窗外，时懿咬住下唇，将画本"啪——"地合上。

花圃，空无一人。

沉默片刻，时懿放下画本走了出去，路上碰到散步的钟梵。

这些天，她对钟梵的态度有些冷。

珍妮的话像是一根刺，刺在她心里。

和他经历的事，加重了他在她心底的分量。她不想轻易试探、怀疑一个她曾深信不疑的人。

钟梵隐去眼底的妖艳之色，整个人透出一丝难见的纯粹，时懿站在原地没动，钟梵一步一步走上前，站得离她距离那么近，似吻非吻。

"Lisa。"钟梵固执地喊着她的英文名。

时懿看着他："嗯。"尾音拖得有些长。

钟梵目光慢慢有了温度，最后是摄人的光芒："过些时日，是你父母的祭日吧？"

时懿身子微僵："是。"回答的声音发寒，凉如万年深潭。

钟梵眼神很是勾人："带我一起去吧。"

抬手将她垂下的黑发拢到耳后，语气微凉："我父亲，曾是时家的会计。"

"命运，真是很奇妙。"在他没有造孽之前，他们素不相识；彼此铭记于心后，他才真的意识到自己错了。

错的，很是离谱，没有挽回的余地。

时懿喉咙紧了紧："你之前为什么不说？"

"如果是你，你会说吗？"

……

她不会。

"抱歉，我曾有三秒钟怀疑过你。"时懿内心很是愧疚。

"不止三秒钟，Lisa。"她每次见面疏远冷漠，清晰流淌着她怀疑他的气息。

钟梵周身缓缓透着冷艳的气质，艳丽的眉宇间挣扎闪过一丝冰冷的意味："如果真的是我干的，你会原谅我吗？"

不死心地追问一遍，尽管答案他心知肚明。

"不、可、能。"时懿没有抬眸，一字一顿。

"嗯，好。"男人嗓音轻轻，被风吹散在空气里。

时懿听得不是很清楚，没辨出他话里的深意。

"祭日那天，我可以去吗？"

时懿淡淡点头，"可以的。"

"谢谢。"

"……客气了。"

时懿抬脚离开,眼神呆滞。

她撒谎了。

隐隐地,她和钟梵之间横亘着一条无形的沟壑。

"钟梵——"

宋清欢从他身后的大片藤萝中闪了出来,眼角发红。

"我们离开吧。"他们之间的对话,她听得一字不差。

时懿,已经对他有几分猜疑了。

钟梵眼底慢慢覆上一层漠然。

"再继续待下去,你才会失去她,你知不知道?"晶莹的泪珠从眼里滑落。

钟梵勾了勾唇,似想到了什么,眼角生情:"如果我走了,才是真正地失去。"很多时候,他是真的累了。

每晚睡前,他总是祈祷可以一直睡下去,但是第二天,他还是醒了。

宋清欢痛苦地闭了闭眼,睫毛微颤。

她现在,终于知道了什么叫作痛彻心扉了。

那种感觉,是自己最爱的人拿着刀子生生在自己心头剐剔出血肉,露出累累白骨。偏偏,她心甘情愿。

他不爱她,那么她让胸口的白骨生出一朵红花去爱他也好。

心理治疗所,看了眼牌子,时懿微微泄了气,正色走了进去。

她最近不太正常,需要找医生疏导疏导。

一系列问诊下来,坐在对面的洋人美女医生笑眯眯道:"Lisa,你没病。"

时懿眼里闪过一丝纠结:"不,我应该是有暴躁症。"

她视线里一旦出现林淮南和傅雪在一起的身影,身体里的血液就会沸腾加热，呼吸难受急促，语气会很不耐烦。

最可怕的是，画画也失去静心作用。

"OK，Lisa，冷静，"Rose双手举平往下按，试图引导时懿平稳情绪，"我想你的抑郁症已经完全好了。"

"怎么会？"时懿真的郁闷了。

Rose有些哭笑不得："我想你是彻底忘了我和你说过的话了。"

"抑郁症是很可怕，但是Lisa，谁没有消极低落的时候，一闪而过的念头，自杀、轻生，很正常。"

"……可我刚刚失去了一个孩子。"时懿垂睫淡淡道。

"你刚才也说了，那个孩子脐带缠绕，无法生下来，"Rose慢条斯理地帮时懿清理自己的心意，"我想身为你的丈夫，孩子的父亲，他的痛苦一点儿不亚于你。"

时懿身子僵住。

"那你觉得，我现在有什么毛病？"她总觉得自己哪里怪怪的，变得很不像自己。

Rose笑了："嗯，你在吃醋。"

时懿被这个词噎住了。

她吃醋？

"对的，吃你丈夫的醋。"

……

在Rose似笑非笑的眼神下，时懿夺门而出。

回到时家，时懿推门走进自己的卧室，林淮南坐在沙发上，抬眸望来："珍妮说，你去看心理医生了。"

想起Rose的眼神，时懿脸颊热了热，抿唇不言。

林淮南眯眼瞧了过来："医生怎么说？"

"……我不想说。"时懿顿了顿，眼底闪过一丝懊恼。

"嗯。"男人慢慢应道，起身从沙发上站起。

"今晚的晚餐，让珍妮不用替我准备。"

时懿眉头快速皱起，问道："你去哪里吃？"

林淮南意味深长地勾了勾唇："我和 Snow 在外头吃。"

时懿"哦"了一声。

林淮南大步从她身边走过，寂寞忽然就以一种居心叵测的样子袭进她的心扉，时懿呼吸有些不畅，慢吞吞地踱步到院前的走廊上。

男人驱车声渐行渐远，时懿神思慢慢地从寂寥的天色间收回，看向一地落叶。

这天色，离下雪，不远了。

"Lisa，"宋清欢的声音脱口而出，飘入时懿耳里，"你开口，他会留下的。"

"他可以不去的。"她为什么要开口求他留下？

"如果，他一直在等你开口呢？"宋清欢漂亮的眸子划过一丝流光。

当局者迷，旁观者清。她深陷爱情之中却不自知，到底是反应慢还是因为那个男人是林淮南，她情愿懂得慢些？

时懿无力地垂下眼睑，万一，他拒绝呢？

宋清欢看着她低沉模样，笑得艳丽逼人："Lisa，他到底为你做了多少，我不清楚。"

"唯一知道的，是慕千寻先前帮你签下的合同，你到期违约的，都是他全权处理赔偿。"否则，她以为她能相安无事回到英国？

"你和我表哥真的走到覆水难收的那天，你就开心了？"

……

不——

只是稍稍想了一下，她的心就疼得厉害。

时懿沉默下去。

又是这样，她真不知道她在逃避些什么。宋清欢心口窝火，语气不善："时懿，你不过就是仗着他爱你。"

没了他的爱，你什么都不是。

就像她一样，从头到尾在一个叫钟梵的男子生命里什么都不是。

回到房间，时懿身子陷在床里，片刻后，爬起来打开最后一个抽屉，心头一惊。

项链呢？

她明明记得是摆在这个抽屉里的！

难道是林淮南从她这里拿走，要送给 Snow 不成？

没由来的，时懿心头堵得愈发慌乱。

餐桌上，男人第三次松动领带。

傅雪玩味地扫了他一眼，唇边净是魅惑："你没有把握，至少没有七成。"

了解他的便知道这非常令人不可思议。

那位高高在上的 King，向来习惯掌控一切的男人，竟会摸不透一个女人心。

林淮南看着她，眼神很深："是的，对她，我只能信命。"

她的心坚硬而脆弱，包容而封闭。他稍有动作，她便高高竖起尾巴上的毒针阻止他靠近。

"所以，你这些天只是一直拿我在刺激时懿？"傅雪脸色的笑容隐了下去。

她原以为，他是重新拜倒在自己的石榴裙下。

林淮南平静地开口，一字一句道："不用特殊手段，她永远不会正视自己的心意。"

天，傅雪眼睛刺了刺，故作自然地撩了下散落在肩上的秀发，稳下呼吸："你，从来都没爱过我吗？"

大学里，他们几乎形影不离。

林淮南话里没有任何犹豫，干净清冷："没有。"

傅雪眸子闪了闪，脑子有些蒙："我们一起做实验，一起进公司实习……"话戛然而止。

林淮南抬眼看向她："有些话，重复多了，会腻的。"

那一刻，傅雪忽然有些认命了。

他从不说谎，也不屑为之。

是她自己，从一开始就错了。

King身边没有女生，只有她一个。她以为她是特别的，在他心中也是。她爱慕他，人尽皆知，可King一直没有给她任何回应。

毕业后，又进入同一家公司，King一跃成为她的上司。她心里很不是滋味，和其他男人拍拖、滚床单，莫名怀了孕结婚，一切进展快得超过她的想象。

傅雪拿起旁边的红酒，一饮而尽，眼角染上一层晶莹的水色。

她的婚姻并不顺利，生下孩子后，她以最快的速度离了婚，孩子抚养权归父亲。现在想想，丹尼斯对她不差，只是他喜欢的女人太自以为是了。

"King——"傅雪起身拿起他的酒杯直接干掉，白皙的脸颊上绯红一片。在林淮南深沉的目光下，傅雪指了指他放在桌子上的手机，"借我打个电话。"

林淮南默不作声，将手机递给她。

傅雪拨通一个电话，电话很快接通："呵，是我。"

"我们在一家……屋顶可以看见星星的西式餐厅吃牛排。"故意绕了个弯子，傅雪媚眼意味深长地看了林淮南一眼，继而看向头顶的星空，"你要是不来，我今晚不光可以吃到新鲜的牛排，还能吃到你的男人。"

"啪——"说完，傅雪干净利落地挂了电话，视线落在屏幕上闪了闪。

手机从桌子上推给男人，红酒的酒劲儿泛了上来，傅雪忍不住扶额闭眼。

林淮南淡淡道："谢谢。"

"没什么好谢的。"她真是够蠢的，人家对自己没那个意思，她还老是自作多情。

冷静过后，傅雪拍了拍自己滚烫的脸，扯出一个苍白的笑容："剩下的，只看你在她心中的分量了。"

"嗯。"男人轻声应道。

星子一点儿一点儿隐匿下去，天边泛起橘黄的鱼肚皮色，时懿还是没有出现。

林淮南从厅内坐到厅外，面色漠然，脚底下多了不少烟头。傅雪从车内醒来，看到的便是男人孤寂的身影。

这样的男人，唯有深爱，才可以从骨子里散发出强烈的爱意。他不自知，她站在一边却是看得分明。

摇了摇头，傅雪又躺回副驾驶上，现在她是真的对这个男人死心了。

他的确没有说谎，如果他真的喜欢她，哪怕是一分，也绝不会眼睁睁看着她结婚，或许连滚床单都不会发生。

"林、淮、南。"

头顶上传来女人轻淡的嗓音。

林淮南全身僵硬，缓缓抬头看向眼前女人殷红的眼睛，刹那血液流动停止、凝固再逆流。

"来了。"男人声音不知是因为抽烟还是因为长时间没说话而沙哑不堪。

时懿没有说话，大步上前扑进他的怀里，狠狠咬上他的下巴，她真是讨厌死他了！

"嘶——"林淮南吃痛，眼底却愈发温柔，怕时懿跌着，大手圈住她的腰肢将她往上提，这才是更方便她在他的怀里蹂躏他的衬衫。

"你是我的！"时懿攥着他的衬衫，黑白分明的眼里一片决绝。

林淮南顿时笑了："嗯，我是你的。"话里宠溺意味分明。

"我、我不知道以后我们会不会有孩子……"时懿低下头喃喃道，林淮南一颗心又悬在喉咙间，仿佛连呼吸都被眼前的女人给牵扯住了。

他可以不要孩子的，他只要她！

"我们好好的，我想老天会给我们一个健康的宝宝。"

"……嗯，会的。"

林淮南作势要亲吻时懿，却被她皱着眉头避开："等等，你和那个Snow到底什么关系？"

他们这些天的腻腻歪歪，她真是看够了！

男人被她明目张胆的醋样逗乐了，故意吊她胃口："你猜。"

时懿拿眼瞪着他："你是我的，我一个人的，谁都不准将你抢走。"与其看着他和别的女人卿卿我我，倒不如将他拴在自己身边一辈子。

Snow 拿他手机打电话给她，她恨不得立马出现在他面前。

"我的天蝎座项链呢？"他要是敢将它送给 Snow，她发誓，她一定不要原谅他。

"你不要，我想重新送人。"男人恶劣开口。

时懿不说话了，想想又很是不甘心，拿起他的手在手背上狠狠咬了一口。

林淮南笑得更欢了。

嗯，他喜欢天蝎座强烈的霸道和占有欲。

"我想将它送给我最爱的人。"

"林淮南——"时懿红着眼睛，他现在说这话又是什么意思？就因为她晚来了，他就不想要她了？

不，不可以！

"送给我最爱的——小蝎子，"从口袋里取出天蝎座项链，林淮南环住她的头，重新为她戴在脖颈上，神色缱绻，"嗯，真不错。"

时懿眼里泛起一层水气，轻声道："你，不怪我这么晚来？"

地上那么多烟头，看得她一阵心疼。她不来，他一个人坐在整片夜色里，靠着星点火光开始同时间做斗争。

"不知道什么感觉了，就想着不能睡、一定不能睡，睡着了错过你该怎么办。"

男人声音低沉，简单陈述着自己当时的心意，却听得时懿心头激动，咬着下唇好半天才吐出一句话来："我找不到你。"

女人快哭的声音听得他心快化了："慢慢说。"

"屋顶可以看到星空的餐厅，真的好多！"

她开车一个一个地找，却还是花了一个晚上，才找到他。生怕自己错过，每找一家她总是问得特别仔细。

男人眉头皱起："手机呢？"

时懿目光闪了闪，在男人直直的视线下投降道："摔了。"

她接到某个电话，情绪一个激动，手机呈抛物线飞了出去。

"……怎么不借手机？"

一提到这个，时懿一肚子火："你为什么关机？"

关机？

林淮南挑了下眉，掏出手机看了眼，明白他被某人阴了。

手机处于飞行模式——

很好，不愧是 Snow！

时懿自然也看到他的手机状态，磨了磨牙。

Snow，等着，千万别落在她的手里。

她可是一个很记仇的星座。

折腾了一夜，如今枕在男人怀里，时懿再难抵抗昏昏睡意，任由男人抱着她走到车上。

林淮南习惯于宠她、照顾她、对她好。

副驾驶上，空无一人。

林淮南默了默，小心翼翼地将时懿放在副驾驶上，开车回到时家。

是个人都能看出他们和好了，如胶似漆。

钟梵眉心的艳丽愈发浅了，话也越来越少，反观宋清欢，自从傅雪离开后，来的次数也少了。

"淮南。"时懿痴痴地唤着他的名字，心底的不安无法抑制地蔓延开来。

林淮南亲了亲她的额头，细细的汗水从他额头滚下她的脸上："别担心。"

"明天，我会一直陪在你身边。"

明天，是时父时母的祭日。

"嗯。"女人瓮声瓮气地应道，眼角流光潋滟，美得好似梦幻。

每年的祭日当晚，亦是时懿情绪最容易失控崩溃的一晚。他本想让她好好休息，别胡思乱想，可发现适得其反。

祭奠礼上，宋清欢也来了，陪同钟梵。

来到陵园，灌木整齐，蔷薇摇曳。

时懿望着高高竖起的墓碑，沉重的心划过一道释然。

千帆过尽后，她才忽然明白，沉溺在过往的悲伤中难以自拔，才是最叫 Dad 和 Mum 难受的。

她和 Neil 应当把握当下的幸福，好好珍惜牵手的人。

小狮子也是眼角发红，深呼吸平复情绪。

Dad、Mum，他交了一个女朋友，很可爱。今年，他没有给姐姐闯祸，嗯，他真的进步很大。

"砰——"

钟梵身体笔直地跪下，那"砰"的一声，清晰地砸进宋清欢心里。

完了——

"不要啊！"宋清欢眼泪快速地掉了下来，喃喃后退。

Neil看得极为困惑，倒是时懿和林淮南眼底寒意深了深。

时懿撇过头，声音发凉："你这是，干什么？"

"视频里的人，是我。"

……

初冬的风，刺骨地钻进在场每位的心脏里。

钟梵笑了笑，眉宇间净是癫狂，可眼睛却比任何一刻都要来得干净。

背负罪孽久了，就想着要放下。

放下，便意味着失去一切。

"我只是想耍点儿手段。"他没想过了结两条人命。

"Lisa。"

小狮子冲上去一把拎起钟梵的衣领，双眼赤红，满是杀气："……你知不知道你在说些什么？"

真没想到，他和姐姐苦苦寻找的凶手，竟在他们家中大摇大摆地生活一段时光。

钟梵沉默了片刻："车祸，是我干的。"

他到底，还是说出来了。

宋清欢身子再也支撑不住，跌坐在地上，双眼空洞，一个劲儿地掉眼泪。

"啪——"

小狮子抡起拳头就是一拳。

该死的，他怎么可以活得这么人模狗样！

林淮南视线快速扫了眼宋清欢，隐隐明了事情的大概。

时懿好半天才动了动手指，一步一步慢吞吞地走到钟梵面前，蹲下身子和他平视："你现在为什么要说？"

她是真的当他是朋友。

即便有怀疑的念头闪过，她还是生生灭掉心头的疑虑。她现在都不打算再追查下去了，可是他为什么要自己说出来？

时懿眼泪没忍住，大颗大颗掉了下来："为什么一开始不告诉我？"

"……对不起。"钟梵喃喃道。

他本想护她一生无忧，却没想到伤她最深的，是他。

林淮南上前将时懿揽入怀里，时间兜兜转转，他守护她将近三年，分秒毫厘，用情用心，所以，他绝不允许她重新回到原来的样子。

时懿泪流满面，只觉得自己的心疼得快要死去一般。

"别为他难过，我不准，"伸手替她擦掉脸上的眼泪，林淮南早已心疼不已，视线看向小狮子："Neil，放开他。"

小狮子愤愤地放下拳头，瞪着哭得稀里哗啦的宋清欢："你是不是早就知道他是凶手？"

一句话，问得宋清欢哑口无言，最终只得闭眼重重点了点头。

她一直，都知道。

"时懿姐，"似想起什么，宋清欢双腿发软从地上爬起来走向时懿，林淮南一个厉色扫来，宋清欢脚步僵在原地，掉着眼泪，"你不要怪钟梵好不好？"

"他心里其实比谁都要痛苦。"

《樊城日记》，他哪里是在演角色，他分明是拿命演他自己。替身什么的都不用，每天都是一身伤，还酗酒。

时懿扶住林淮南的腰勉强站住，还没来得及开口，小狮子率先出声："不可能！"掷地有声。

"你再替他说话，那就是包庇罪。"

林淮南沉声开口："Neil。"

小狮子别扭地垂睫看着地面。

林淮南视线落在钟梵身上，像是要把他整个人都看透，最后淡淡地看向远处。

"去自首吧。"

……


钟梵自首了。

他是英籍华人，由英国法庭判定刑罚。

钟梵进去之后，宋清欢像是彻底丢了魂，成日不吃不喝，被林淮南强行送回中国。

时懿心底某处荒凉一片，坐在林家蔷薇花圃，发着呆。

蔷薇悉数凋谢。

生活，真是太戏剧了。

她放下痛苦和仇恨，放弃寻找凶手，却没想到在一个拐弯路上，真相自动浮出水面。

恨钟梵吗？

嗯，有点儿，心底空落落的，又不知该怎么去恨他。

钟梵父亲私自挪用公款，被父亲发现逐出时家，导致钟家一家三口流落街头，没人敢聘请。

父母也因此离了婚。

钟梵的恨和恶作剧，时懿发觉自己竟然是可以理解的。

大概，他们的脑回路是一样的……

时懿摸着脖子上的天蝎座项链，胡思乱想着。

"老婆。"林淮南的声音蓦地响起。

时懿眯了眯眼，抬眸看向缓缓走来的男人，面容俊朗、身姿卓越，能被这样的男人喜欢，她又是何其有幸。

林淮南坐在长椅上，熟稔地将她抱起圈入怀里。她穿着一件保暖的羽绒服，大手握上时懿的手掌，林淮南眉头微皱，她的手心还是冰凉的。

"再坐一会儿就进屋。"外头雪刚停，她就出来，太不听话了。

时懿咬着下唇，黑眸水汪汪地看向她："闷。"她想出来透透气。

迟疑片刻，时懿偏了偏头："事情处理得怎么样了？"

林淮南将她的手心放到唇边，呵了一口气："自首，态度诚恳，我这边让律师向法庭陈述清楚他是无心之过，法庭会酌情处理。"

"……出事的消息我已经封锁死，国内暂时不会看到这条新闻。"

时懿笑了笑，抬唇碰了碰男人的嘴巴："说吧，你还做了什么？"

自己真是被他宠坏了，什么都不做，他却能明白自己的心思，暗中帮钟梵这么多。

林淮南颇为郁闷地将下巴抵在她的肩膀上，他这么劳心劳力为了自己的情敌，是不是很蠢："派人帮他录了一段视频，放到国内，说他隐退一段时间。"

好在，钟梵拎得起是非，乖乖配合录影。

"那宋清欢呢？"她能放得下钟梵吗？

她爱得太过深沉。

提到表妹，林淮南顿了顿："不知道。"都是痴人，却不是互有感情。

钟梵这个男人，太清楚自己想要的东西，以至于清欢没有一点儿机会。他一点儿都不担心钟梵从监狱出来，会没戏拍，无法生存下去。

时懿失去了问下去的欲望，静静地靠在男人怀里，看着缠绵的雪花自头顶飘落，眼前慢慢覆盖上一层单薄的白色。

"小狮子也冷静下来了。"

时懿睫毛垂了下来。

她知道的，Neil会想通的。

忽然想到了什么，时懿笑了笑："老公。"

"嗯。"

"我明天要离开飞往美国。"

男人抱着她腰肢的手紧了紧。

"我报名参加了维密选秀。"

男人脸色黑了下去,下一秒钟将时懿打横抱入怀里,径直朝着卧室走去。

时懿一眼看穿他的心思,撇了撇嘴:"现在是白天。"

"老婆,小蝎子。"

林淮南似笑非笑,俯身重重啃上她白皙的脖颈,声线撩人:"我是个商人,不想做赔本的买卖。"

时懿面色娇嗔,脸颊发烫地往男人怀里钻了钻。

林淮南的蔷薇花园此刻虽然因寒冷而凋谢,但是她却知道,春天马上就要来了,彼时满园蔷薇花盛开,馨香扑鼻。

即便身处彼岸的他和她,也一定能闻到这阵阵花香……

（完）

# 林淮南番外

回忆是座桥，却是通向寂寞的牢。

林、时两家，莫逆之交。

时懿闯入他的视线，却是她十九岁，读大一。

那年，他大四。

她坐在花园的藤椅上，低头默默地在画本上勾勒些什么。

细碎的光线洒在她的脸上，未施胭脂的脸蛋干净不失美艳，眸如点墨纯净动人，黑发披肩如缎，整个人有一种清莹精美的白皙。

一袭禾绿色露肩及膝长裙，衬得美腿笔直修长。

分明隔得很远，站在二楼落地窗前的他，却依稀听到铅笔在纸张上滑动的沙沙声。

对面，他的母亲和时伯母坐在桌边，喝着下午茶。

固定的地点，固定的时间，让他的加入像是一枚石子扔进湖泊，圈出淡淡的涟漪便没了波澜。

时懿话很少，时伯母笑言自家女儿天性凉薄，却偏偏有根死脑筋。

别家女儿十五六岁交上男朋友，她身边却连男性朋友都很少，打趣道这辈子她都嫁不出去了。

这句话，他对后半句不太认可。

时懿的长相在西方人眼里丝毫不会逊色，极为耐看，东方血统赋予她的黑发、黑眸，如兰空灵的气质，更是让不少外国人对她一见倾心。

他并不觉得自己当时有多喜欢时懿，但也不是全不在意。

　　这个女人明明特别有自己的想法，人前却乖顺得像是猫，给人淡淡的隔阂感，好似什么也入不了她的眼，上不了她的心。

　　就是连他，也是如此。

　　这个意识，让他颇有些不是滋味。

　　显然，对这个女人，他还想要更多。

　　毕业将近半年，父亲将他叫到书房，让他娶时懿！

　　花了一晚上，他同意了这桩婚姻。

　　新婚之夜，他要了她。

　　他喜欢她的身体，和她身上的味道。

　　她的身体不同于她的言行，总是没有半点儿掩饰，青涩、甚至是拒绝，最终却总在他的攻击下，难以控制地沦陷。尤其是她纤细柔白的身子，抱在怀里也很惬意。

　　一次，便上了瘾。

　　婚后，他极尽所有地宠她、疼她。

　　她想要的，他都给。

　　她开口要东西，一次都没有。

　　求他，只是因为时师打架斗殴，进了监狱。

　　这事过后，她学校就去得少了，成日蜷在落地窗前的沙发上，画着手里的画本。

　　她鲜少画人，几乎每页都是植物、建筑以及她脑海中天马行空的想象。

　　这样的时懿，就像是一只高高竖起尾巴的蝎子，固执而又冷漠。

　　只有在床上，他才能让她听从他的摆布，看她一点儿一点儿放下举起的尾刺，为自己动情。

　　第二天，一切照旧。

　　第三天，他去中国出差，着手开拓中国市场。

　　那年，时懿大三，他在中国站稳脚跟。

大四，时父时母车祸身亡。

而当时，他频繁出差，很少陪在她身边。

得到消息赶来，她一个人坐在太平间，面前停放着两具冰冷的尸体，神色平静而又冷漠。

上前搂她，她的手脚很凉，像块寒冰，化不开。

"没事的。"

头一次，他觉得力不从心。

"嗯。"她竟然还在回应他。

接着说道。

"……King，我只会跟着感觉走，感觉不走了，我们就到头了。"

第一次，时懿在他面前掉了眼泪，落在他的手背上，灼伤了他的心。

"现在，我感觉它快停掉了。"

……

也许那一刻，她便深深刻入他的心上，以致她来到中国之后，他就再也不肯放开她的手，想留她陪在他身边，到天荒，到地老。

# 钟梵番外

绝代色，倾城姿。

那年大三，她在美术室见到了钟梵，Edward。

从此，她的画本上除了植物、水果，添了一个人。

钟梵知晓她在画他，只是次数多了，总归让他厌烦。

"画本。"

她将画本递了过去。

潋滟的眸子微微眯了眯，钟梵快速翻看了一遍，整整一本都是他的画像。

干净的线条，朴素的色彩勾勒，整个画面都呈现出一股清澈平和的气息。

"你侵犯了我的肖像权。"

合上画本，男人眉头微皱。

"那是上一刻，现在没有画你。"他没想到，她也会这般狡黠。

男人微微笑了下，笑容淡漠。

"嘶——"

画本应声撕裂成两半。

男人将画本放回桌上。

"我什么都没做。"

……

之后，钟梵再没出现在美术室。

她没想过打探他，画本买了新的，却没了可以入画的男人。

再次见到他，是在校园的树林里。

那晚的夜色特别浓重，雾气浮了上来，整个世界都恍惚了起来，看不真切，好似幻境，隐隐有静谧的悲伤浮动其中。

男人漂亮的脸蛋青紫一片，却仍旧无损于他的美貌，单手无力地支撑在地上，脆弱得像只折翼的蝴蝶，只一眼就能令人陷落。

琉璃月色，点点落星，她寻找一处草地坐了下来，手里握着铅笔，偌大的森林里是碳素笔尖滑过纸面的声音，和男人沉重的呼吸声。

钟梵沉目垂睫，褪去艳丽，只留漂亮的底色静静绽放，纯粹眩惑，全然没了攻击性。

终究，还是没忍住。

"该死的，你要画我画到什么时候！"

"你不在我的眼前，或者我手里没有纸和笔。"

她思考了一会儿，给了一个极其认真的答案。

对于美好的事物，她的抵抗力，一向很弱！

"你该做的第一件事，是替我包扎。"男人睁开眼，琉璃的眸色水光潋滟，直直地看向她。

慢条斯理地勾勒着男人阴柔漂亮的轮廓，她抬头淡淡道。

"我不需要你的感谢。"

"我没打算感谢你。"

"所以，为什么要替你包扎？"

男人从上至下打量了一遍她的身体，眼神绝对是挑剔的："你不适合做画家。"

画家，不需要那么美，也不需要那么有钱。

她笑了出来，她的确没有做画家的打算："你知道，你适合做什么吗？"

男人挑了下眉，黑眸冷冷地盯着她。

"明星，"她如实说道，"你的美，画纸留不住，但胶卷可以。"

……

那晚过后，她和钟梵的交集仍旧没多少，只是再次撞见，却是她窘迫不堪。

还是在美术室，她难得没有画画，趴在桌子上睡觉。

"你有男人了？"钟梵凉凉的口气从头顶上传来。

她脊背微颤，直起身子，脖颈处一凉。

男人冰冷的手指摩挲上她的脖颈，眼里透着玩味："他欺负你了？"

她沉默。

"Lisa。"头一次，他唤她的英文名。

男人侧身坐了下来，一张倾倒众生的脸，柔情入骨："他有我漂亮？"

她仍旧沉默。

良久，男人清淡的嗓音从唇齿间溢了出来。

"也好，反正这辈子，我们都不会爱上彼此。"

因为，你我皆薄情；更因为，我们是同类。

他比时懿先回中国，登机前，她来了。

男人妖妖冶冶的面容，站在人潮里愈发醒目漂亮，似真似假地亲了亲她的脸颊："我在中国等你。"

"因为你是第一个我最想等的人。"他深情款款。

她只是静静地看着他，中国对她而言，还很遥远，尽管她一直跟父亲学习中文。

"不会等太久，最多半辈子。"

她没说话。

不算太久，她让钟梵明白了一个道理。

她把他画在了画本上，却将另一个男人，画在了她的心上。

# 宋清欢番外

遇见钟梵，是命运，是劫难，更是她自找的。

她仍记得初见钟梵时的画面，他的美、他的艳，穿透时光惊艳她的生命，至此她的心丢在他的身上，跟着他颠沛流离。

而那时，她仅仅是在茫茫人海中，抬眸看见他悬在大厦上的海报。

于是，进入演艺圈从不可能成了必然。

她时刻留意有关他的消息和动向，羡慕每一位能和他对戏的演员，为此她私下拜托表哥帮她促成和钟梵的第一次合作。

拍戏中，她慢慢琢磨他的性子，他看人三分冷，对她也是如此。

她以为，所有人在她眼里都是一样的，她只要稍稍特别一些就可以了。

他的冷眼相待，非但没有打消她对他的爱慕，反而刺激她脑神经愈发热烈地追求他，从他的生活着手一点儿一点儿靠他近些，再近些。

她以为只要她肯费心思，便能进入他的心，就像她现在可以自由出入他的公寓亲手为他洗菜做饭。

尽管他吃得很少，甚至有时候不吃，但她仍旧是满足的。攻占他这座围城，只是时间罢了。

直到他们合作的另外一部戏开拍，一个女人进入片场，她这才猛地惊觉，原来他的眼底也是可以有温度的。

那温度，不灼热，甚至带些凉意，可她就是敏锐地感觉到，他看向那个女人和其他人，包括她都不一样。

那个女人，是她表嫂。

她们之间，不熟悉，没太多交集。一度，她不想同她说话。

她原以为她的心就这样痛死算了，可惜没有。

钟梵突然像是中了邪似的，戏内酣畅淋漓发挥演技，一遍就过，戏外他嗜酒如命，没有他拍摄工作的那天，几乎见不到他的人影。

她放心不下，去了他所在酒店房间敲开门，男人似睡非醒，眼角泛着盈盈水色，手上放着一本笔记本。

嗯，她拿起看了。

笔记本上的内容，惊天动地，他坦诚他杀人了。

那一刻，她脑子乱得很，光影交替，大片大片的灰色重重袭上心头，而她整个人像是被扔进死海一般，淹不死，却也无法靠岸。

他害死的不是别人，正是她表嫂的父母。

呵，命运真是何其讽刺。

他难得爱上一个人，却因为自己而害她失去父母。

她不知道自己是怎么回去的，眼泪掉个不停，甚至一度怀疑心脏会不会在下一秒钟停止。她想做些什么，心底却生出一股深深的力不从心来。

薄情的人，一旦动了情，那就是偏执。

而钟梵，薄情薄幸。

玩命工作，不用替身拍戏，每次探班看到男人身上青一块紫一块，她就感觉那些伤痕像是挂在她自己身上一样，痛得体无完肤。

罪孽如果埋在沉默里，人的心会泛滥出罪孽的荒草。随着时间推移，她的世界像是旋转的地球，从头到脚被彻底颠覆。

她这个包庇罪都那么难受了，更何况是刽子手呢？

她怕，她怕一个不小心就将他的秘密给说出去，可一旦说了出去，他是半点儿后路都没有了。

他要受的刑罚，太重太重了，她舍不得。

为了断绝后路，为了将自己的命彻底和他缠在一起，她决定将自己给他。可他，到底还是拒绝了，她想笑，但还是哭了。

《樊城日记》杀青，她探了最后一次班。

那晚，该是她那段时间过得最安宁的一晚，没有苦涩的梦，她只要稍稍一闭眼，就能看到男人妖孽完美的侧脸。

钟梵那晚说了很多话，甚至和她谈起了过去，和那件谋杀案。

他说，他只是想给他们一点儿教训，开个恶劣的玩笑。

他还说了他的父母。

钟父犯了烟瘾，家中财政大权握在钟母手里，身为会计的他暗自挪用了些，东窗事发，一家三口被时家恭恭敬敬地请了出去，永不录用。

钟母脸面无光，和钟父离了婚，给幼年的钟梵留下极深的影响，也因此，埋下了复仇的种子。

她听了，心底净是一片心疼。

那只是他的无心之失。

她一直都是这样自欺欺人，偶尔情绪极度失控。她甚至还会为两人之间不为人知的联系而暗自开心，笑着，然后落泪。

钟梵怎么想的，她永远都猜不到，但是在那个极度危险的念头从他脑子里弹跳出来时，她的第六感准确无误地摄住她的心脏，脑海里一片空白，不敢想象他到底打算什么做。

可他还是做了，义无反顾，在风口浪尖上，他去了英国。

她既惊又怕，连忙后脚跟了去。

"你会失去所有，钟梵！"她劝诫他。

他笑得荒凉，眼底没有过多的温度："无所谓了。"

她再也说不出一个字来，捂着脸一个劲儿哭。

"我在光明下怀揣着一个阴暗的心行走，清欢。"头一次，他那般温柔地唤她的名字，红唇微勾，"现在我累了，走不动了。"

"坦诚，是自我救赎的第一步。"

她咽下哽咽，断断续续问道："如、如果，她一直都不原谅你呢？"

到时候，他又该如何自处？

一个人孤零零地蹲在监狱？

他笑了："她会的。"

现在是最好的时机。

"她的心被另外一个男人融化了。"

他说的男人，是她表哥，林淮南。

"……能麻烦你一件事吗？"沉默片刻，他缓缓说道。

直觉告诉她，他要说的和表嫂有关。

"她一直放不下面子，看不透林淮南对她的感情，你……帮帮她。"

他说，帮帮她！

语气放到尘埃里。

她除了点头，没有其他选择。

她最怕的日子还是来了，在表嫂父母祭奠礼上，毫不意外地，她看到他卸下所有一切，跪在墓碑前，坦诚交代。

那一刻，她全身的力气像是被人瞬间抽空，身子跌落在地上，不停地掉着眼泪。她的表现太差劲儿了，以至于在场的人一眼就看出她是包庇犯。

她没法为他求情，还有她自己。

表嫂的反应，很是微妙，感受最深的是惊愕、失望，愤怒有但很少。

或许他说的是对的，经历以往种种，表嫂对于最终结果释怀不少，但另外一种猜测便是，他并未在表嫂心里。

钟梵进监狱前一刻，她看到他的脸松懈下来，整个人透着一股说不上来的释然，又像是突然老了。她知道他背负了太多，杀人凶手这个罪名、这笔血债，将他的性子磨砺得带有七分乖戾、三分邪气。

到最后，放不下的，只是她一人罢了。

表哥说，她要回到国内，帮钟梵圆一个谎，助他出狱顺利回归。

她同意了。

只要是为了他，做什么她都是心甘的。

她无数次幻想和他重逢的场景，想她见到他的第一句该说什么。

是好久不见，还是我好想你？

# 番外·你是我的唯一

她真是有点儿受够他了。

是，他是很宠她，从生活起居，他事无巨细照料好自己的情绪，但是她现在所能决定的仅限于吃什么、买什么，甚至于穿衣，他都想插上一番。

时懿眸色微恼，抓起被褥蒙在头上，没过一会儿便因缺氧呼吸有些不顺，悻悻地放下被褥，胃里传来一阵翻涌，时懿立马跑下床冲进浴室，捂着胸口对着马桶吐得双眼发黑。

没吃什么东西，吐也吐不出什么，时懿怏怏地走到镜子前，心底对着男人的怨念又多了一层。

他就想将她当成金丝雀养在他的笼子里，哪里都不让去才好。

"呕——"

时懿忍不住又吐了。

她的身子很是敏感，为了要孩子，她曾一度推掉 Show 和工作，专心和林淮南在家闭门造子，但是结果三个月，她没能怀上，索性又开始全世界飞行走秀。

她得去医院查查，她到底是怎么了。

没打电话给周六加班的男人，她可不想他随便抛下工作陪她，想了一会儿，时懿给杜若打通电话："若若。"

杜若上了一所寄宿制小学，学业严格、课程紧张，自然学费也是高得离谱。起初，林淮南要将杜若送进去时，她不是很认同，僵持到最后，杜若主动来到她跟前要求上这所学校。

不用说，肯定是男人在背后搞的鬼。

杜若叫时懿 Mum，英文，时懿清楚，她将中文的母亲珍藏给她最爱的人。

"Mum，哪里不舒服？"

时懿将下巴搁在她小小的肩膀上，神色有些憔悴："一直吐。"

"哦，去看妇科。"杜若稚嫩的小脸上有着罕见的成熟。

时懿头抬起，困惑地看着她："不是胃科？"

"Mum，我打了电话将你的症状告诉 Dad 了。"

时懿嘴角狠狠抽了抽。

杜若笑眯眯道："Dad 就在赶来的路上哦！"

时懿最终挂了妇科，一系列折腾下来，时懿拿着化验单子，脑子一片空白。

她，怀孕了。

就在她快放弃要孩子的时候，她竟然有了？

"Mum，你怎么哭了？"一旁的杜若急了。

"若若，我有了。"声音惊喜。

杜若偏头，不解："有什么？"

时懿深深地吸了一口气："这里，有了一个新的生命。"掌心抚上腹部，时懿眼角眉梢都是欢喜。

杜若脸色僵了僵，随即露出一个大大的笑容："嗯，真的是太好了。"她知道 Mum 很想要一个自己的孩子。

林淮南赶来时，时懿正在检查室进行深度检查。这个孩子来得太珍贵了，她不敢有任何懈怠。

一眼看到杜若垂着睫毛笔直地坐在冰冷的长椅上，林淮南倒也不着急进去，挨着杜若坐了下来。

"Dad，你们有小宝宝了。"

林淮南眼底漾起浅浅柔色："嗯。"他光是猜测到这个可能，血液就开始在骨子里沸腾，文件一个字也看不下去。

"杜若。"

"嗯。"杜若闷闷应道。

"她性子偏冷，但你在她心底永远都有位置。"

杜若只是一个小孩子，有着孩子气般的担忧，林淮南伸手拍了拍她的肩膀："不要吃无谓的醋。"

杜若眼里一怔，忽然想起自己手术后休养好，入学前他同自己讲的话。

我会提供给你最好的学习环境，承担你的学费，交换条件是，你需要保持你的优异性。一旦你不够优秀，我会撤走资金。

她不怕死地追问一句："为什么？"

他说，能力突出后，你的内心才会跟着强大安心。

嗯，真的是这样的。

"咔——"时懿脸色苍白地从里面出来，林淮南起身打横将她抱起，双臂圈住她仍旧纤细的腰肢，眼底仍有几分不可置信。

这里，真的再次孕育他们的孩子了。

"老公，"时懿双手环住他的脖颈，将头枕在他的胸膛上，"医院说，宝宝生长得不错。"

"嗯，那就好。"男人俯身亲了亲她的额头。

"Mum，恭喜。"杜若从长椅上跳下来，双手背在身后。

时懿暖暖地看向她，轻笑点头："以后，若若就是姐姐了。"

"嗯，我会照顾好小宝宝的。"眼睛弯成月牙。

时懿抚向自己的肚子：宝宝，妈妈再也不要跟爸爸生闷气了。

九个月后，林淮南和时懿迎来了他们的第一个孩子，名字是由林淮南起的。

唯一，林唯一。

你是我的唯一。

唯一继承了时懿的肤白、长腿、貌美，一双湿漉漉的眼睛却是随了林淮南。

刚坐完月子，时懿下床站在落地镜前捏了捏自己多余的赘肉，一张略显圆润的脸蛋美艳仍旧，极具风韵的身子别具一番魅惑。但是时懿此刻眼里满满都是赘肉、赘肉。

为了宝宝平安生下，时懿每天的任务除了吃就是睡，有次她看到书上不少孕期女性修炼瑜伽，心血来潮，和林淮南随口提了句，他当即脸色大变。时懿的倔脾气也上来了，非得要学，后来瑜伽老师请到家里，林淮南工作也不要了，站在一旁如临大敌。

她每做一个动作，男人下一秒钟就想飞身而起，几次下来，时懿劲头过了，这才消停了。

林淮南做好早餐进来喊她吃饭，看到的便是女人皱巴着一张小脸，对着手上多余的肉愁眉叹气。

"老婆，你要失业了。"男人眼底泛起一丝戏谑，口吻却是宠溺的。

时懿一听，脸更皱了："我得减肥了。"

她可是模特啊！

她的话正中男人下怀，嘴角笑意深了深："嗯，今晚我看就能运动了。"

"……不要脸。"他怎么可以这么理直气壮呀。

"嗯，谁让我喜欢你呢！"

……

天，有人能来收了这只妖孽吗？

幸好他是叫自己吃早饭的，时懿红着脸给唯一喂了奶，将她抱到餐厅的儿童椅上。

唯一的名字有些美中不足，至少时懿是这么以为的。

一，和她的懿除了声调不同，很容易混淆。

为此，林淮南维持"——"的喊法，改叫时懿"宝贝儿"。

作为某人的宝贝儿，时懿额头上的黑线挂了一整天，她怎么有种搬起砖头砸自己脚的感觉？

问男人原因，男人一本正经道："——以后会遇到喊她宝贝儿的，我就不和那拐走我女儿的臭小子抢了。"有股浓浓的大发慈悲的意味。

林淮南和时懿并不是不会吵架，形式都是冷战，战期最长一天，以林淮南投降结束。不过，作为一家之主，林淮南还是有赢过的。

那次，是唯一升小学。

时懿整整七天不和林淮南说话。

他要让唯一进寄宿制学校，上若若曾经上过的那所。

她知道他这是怕若若吃醋，但是若若那会儿上的是五年级，唯一现在还太小。

扭捏到最后，时懿妥协了。

不为别的，就为了给若若一个公平。

晚上回房，时懿还是有些憋屈："总觉得你在打着什么如意算盘。"唯一毕竟是他宠大的。

林淮南亲了亲她的额头、眼睛，没有说话。

嗯，知我者老婆大人也。

送走唯一，以后他们的二人世界又充裕起来……

图书在版编目（CIP）数据

蔷薇彼岸，你许我的地老天荒 ： 我是天蝎座女孩 /白念葶著.
-- 北京 ： 北京联合出版公司，2017.8
ISBN 978-7-5596-0101-8

Ⅰ．①蔷… Ⅱ．①白… Ⅲ．①言情小说－中国－当代
Ⅳ．①I247.5

中国版本图书馆CIP数据核字(2017)第079370号

# 蔷薇彼岸，你许我的地老天荒：我是天蝎座女孩

作　　者：白念葶
出版统筹：新华先锋
责任编辑：李　征
特约监制：黎　靖
策划编辑：黎　靖　代　慧
版式设计：徐　倩
封面设计：王　鑫
营销统筹：章艳芬
封面绘画：吴　莹　黄小玉

北京联合出版公司出版
（北京市西城区德外大街83号楼9层　100088）
北京雁林吉兆印刷有限公司印刷　新华书店经销
字数117千字　620毫米×889毫米　1/16　15印张
2017年8月第1版　2017年8月第1次印刷
ISBN 978-7-5596-0101-8
定价：36.00元